ro
ro
ro

Renate Bergmann, geb. Strelemann, wohnhaft in Berlin. Trümmerfrau, Reichsbahnerin, Haushaltsprofi und vierfach verwitwet: Seit Anfang 2013 erobert sie Twitter mit ihren absolut treffsicheren An- und Einsichten – und mit ihren Büchern die ganze analoge Welt.

Torsten Rohde, Jahrgang 1974, hat in Brandenburg / Havel Betriebswirtschaft studiert und als Controller gearbeitet. Sein Twitter-Account @RenateBergmann, der vom Leben einer Online-Omi erzählt, entwickelte sich zum Internet-Phänomen.

«Ich bin nicht süß, ich hab bloß Zucker» unter dem Pseudonym Renate Bergmann war seine erste Buchveröffentlichung – und ein sensationeller Erfolg –, auf die zahlreiche weitere, nicht minder erfolgreiche Bände und ausverkaufte Tourneen folgten.

RENATE BERGMANN

Das Dach muss vor dem *Winter* drauf

Die **Online**-*Omi* baut ein Haus

Rowohlt Taschenbuch Verlag

Originalausgabe
Veröffentlicht im Rowohlt Taschenbuch Verlag,
Reinbek bei Hamburg, März 2019
Copyright © 2019 by Rowohlt Verlag GmbH,
Reinbek bei Hamburg
Umschlaggestaltung any.way, Barbara Hanke / Cordula Schmidt
Umschlagabbildung Rudi Hurzlmeier
Satz aus der Stempel Garamond, InDesign
Gesamtherstellung CPI books GmbH, Leck, Germany
ISBN 978 3 499 27588 3

Sehen Se, jetzt kennen Se alle meine Leutchen von den Zettelchen hinten und vorne her, aber mich, mich kennen Se vielleicht noch nich. Na, Sie werden mich kennenlernen, hihi. Mein Name ist Renate Bergmann, ich bin 82 Jahre alt, eine geborene Strelemann, und ich lebe in Berlin. Sicher, in Spandau, aber man kann es drehen und wenden, wie man will, es bleibt doch Berlin. Sehen Se, jetzt hätte ich fast vergessen zu schreiben, dass ich zwar alleinstehend, aber in meinem Leben ganze viermal verheiratet gewesen bin.

Bevor ich was vergesse, denke ich immer noch bei mir: «Renate, das musst du dir merken!» Später erinnere ich mich noch daran, dass ich mir was merken wollte, aber was es war, fällt mir beim besten Willen nicht mehr ein. Kennen Sie das? Ach, es ist ein Jammer. Kaum hat man im Kopp alles so weit beisammen, dass man denkt, man versteht ein bisschen was vom Leben, fängt man an zu vergessen. Und das Schlimme ist ja, dass ich als ältere Frau das nicht mal zugeben darf. Was meinen Sie, was dann los ist. Da fangen alle an sich zu kümmern und auf einen aufzupassen. Wenn Sie als jüngerer Mensch

5

beispielsweise mal die Kartoffeln anbrennen lassen, was passiert da schon groß? Sie weichen das Malheur schön ein, setzen neue auf und fertig ist die Laube. Es wird kurz gelacht, vielleicht macht die Nachbarin oder der Ehemann noch einen kleinen Witz mit «Brandenburg», aber dann ist es auch vergessen. Und mit ein bisschen Geschick kriegen Se den Topf sogar wieder reine. Was meinen Se aber, was los ist, wenn Ihnen das mit über 80 passiert?

Letzten Herbst war es bei mir so weit, ich hatte die Salzkartoffeln angesetzt – drei für Stefan, je zwei für Ariane und mich, eine für die kleine Lisbeth, na, und noch fünf für den Topf, da läutete es. Gerda Wichelsbach war da. Gerda bringt mir immer altbackene Brötchen, aus denen ich mit dem Höllenmischer von meiner Tochter Kirsten Semmelmehl reibe. Das macht ja heute auch fast keiner mehr, lieber wird alles weggeschmissen und für teures Geld Brösel angeschafft. Gerda selbst wohnt bei ihrer Tochter, die «diese Schweinerei nicht in der Küche haben will». Na ja, und wie das so ist, wenn man sich ein Weilchen nicht gesehen hat … wir wechselten ein paar Worte, Gerda berichtete, dass Schwester Sabine den Führerschein wegen Trunkenheit am Steuer losgeworden war (denken Se sich das mal!), und so gab ein Wort das andere und wir vergaßen die Zeit. Gerdas Tochter, die sie gebracht hatte, hupte schon wie eine Wilde und deutete auf ihre Armbanduhr, und so verabschiedeten wir uns nach kaum einer Dreiviertelstunde. Wie ich wieder in meine Wohnung hochkomme, war da schon überall Rauch. Du liebe Zeit! Angebrannte Kartoffeln stinken wirklich fürchterlich. Ich hatte kaum das Fenster aufgemacht und kaltes Wasser über das Desaster laufen lassen, da ging es schon los. Die Meiser war die Erste aus meinem Haus. Sturm hat se geklingelt und wie eine Furie an die Wohnungstür getrommelt. Als ich an der Türe war, drückte sie mich wie ein Sonderkommando der Brandlöschmeister gegen die Wand, rannte durch den Flur in die Küche, und noch ehe ich die Tür hätte zumachen können, stand auch schon die Berber im Korridor. Die kaute noch, sie war wohl direkt vom Mittagstisch aufgesprungen. Obwohl, die kaut eigentlich immer, das hat im Grunde nichts zu bedeuten. Jedenfalls legten sie nun beide los. Zusammen pusteten die sich auf wie Frösche zu Elefanten. Nee, Mäuse. Sie wissen schon. Was musste ich mir alles anhören! Es hätte sonst was passieren können, das ganze Haus abbrennen, dann wären wir alle obdachlos und müssten auf einer Liege in der Turnhalle kampieren, legte die Berber los. Ich wollte mir das gar nicht vorstellen, wissen Se: Hat man es denn nicht schon schwer genug, wenn man abgebrannt ist und ohne Dach über dem Kopf dasteht? Muss man die Leute auch noch auf Klappliegen in einer Turnhalle schlafen lassen? Was sollen die denn da? Geräteturnen machen? Wenn man nachts hochschnellt, stößt man sich noch den Kopf am Schwebebalken! Hinzu kommt, dass die Berber schnarcht. Die hört man des Nachts über zwei Etagen den Wald zersägen. Um das zu wissen, muss man gar nicht an der Tür gelauscht haben.

Nee, aber wenn die Kartoffeln anbrennen, bringt es einen auch zum Grübeln. Dereinst geht es nicht mehr alleine und man wird auf Hilfe angewiesen sein. Es muss ja nicht gleich ein Heim sein, aber doch jemand, der mal guckt, ob man auch den Herd abgestellt und alle Überweisungsscheine ausgefüllt hat. Da ist man ja noch lange kein Pflegefall, man fühlt sich nur wohler, wenn man weiß, es schaut dann und wann jemand bei einem rein und man ist nicht allein.

Aber wer sollte das sein? Zuerst kommt einem da natürlich das eigene Kind, meine Tochter Kirsten, in den Sinn. Aber die wohnt weit weg, und ich kann nicht sagen, dass das schade ist. Warten Se nur ab, Sie werden noch verstehen, warum. Familie ist aber heutzutage nicht nur, wer im Stammbaum steht, sondern vielmehr, wer im Herzen wohnt. Also, Freunde und liebgewonnene Bekannte. Da muss man auch mal durchgehen, wer in Frage käme. Nun sage ich Ihnen ganz ehrlich, meine Freundinnen Ilse und Gertrud sind mein Jahrgang. Und Kurt, der Angetraute von Ilse, hat sogar noch ein paar Lenze mehr auf dem Buckel. Auf Hilfe und Betreuung von denen zu hoffen wäre vielleicht … etwas zu optimistisch.

Bliebe noch Stefan, was mein … lassen Se mich überlegen … Neffe, ja, er ist ein angeheirateter Neffenenkel oder so, ein Enkel des Bruders meines ersten Mannes Otto. Jedenfalls sagt er immer «Tante Renate» zu mir und hat eine gute und patente Frau, die Ariane. Und die kleine Lisbeth, die mir wie eine Enkeltochter ans Herz gewachsen ist! Stefan hat im Grunde heute schon ein Auge auf mich und hilft mir hier und da, wenn der Fernseher mal zickt oder sonst wie Not am Mann ist. Wie letzthin, als ich dachte, der Horst Lichter ist auf der Sonnenbank verkohlt, aber da war ich nur mit dem Staublappen auf den Knopp mit der Farbe gekommen und habe es verstellt. Stefan hat es wieder gerichtet und auch gleich das Händi kontrolliert. Er löscht immer alle möglichen Nachrichten, wenn Herren mir schreiben, dass ich in Nigeria geerbt habe oder dass ich Viagra kaufen soll. Nee, der Stefan ist ein Guter und kommt fast jede Woche vorbei. Aber er wohnt eben auch eine halbe Stunde Fahrtweg weg. Wie schön wäre es doch, wenn man dichter beisammen wäre!

Ja, solche Gedanken kommen einem im Alter. Während ich grübelnd darüber nachsann, ahnte ich noch nicht, wie sich alles bald fügen sollte, Stein für Stein.

_____ Gut geplant ist halb gebaut.
Oder war es andersrum?_____

Ariane hat den Apfel weggeschmissen, nur weil er ein bisschen schrumpelig war. Der ist doch noch gut, den kann man doch noch essen! Wenn ich in den Spiegel gucke, kriege ich richtig Angst, was sie wohl mit mir macht.

Wissen Se, das Leben ist schon ein Schlawiner: Immer, wenn man denkt, nun ist alles in geordneten Bahnen, passiert was und stellt alles auf den Kopf.

Kaum war ich den Tach zur Tür rein, hatte Katerle versorgt und mich an den Küchentisch gesetzt, um die Post durchzugucken, ging die Türglocke. Es waren Stefan und Ariane, was mich sogleich stutzig machte. Ariane kommt sonst nur mit zu mir, wenn es unbedingt nottut. Sie hat immer Angst, dass sie die Schürze umbinden muss und Haushaltskniffe beigebracht kriegt, das ungeschickte Ding. (Nötig wäre es!)

Deshalb kommt Stefan meist allein zu mir. Ariane putzt lieber weiter bei Sonnenschein die Fenster und ärgert sich hinterher über die Schlieren. Jetzt war se aber mit, nur die Lisbeth hatten sie nicht dabei. Ach,

das Kind ist jetzt in einem Alter, wo es jeden Tag was
Neues lernt und auch viele Dummheiten macht. Als sie
«Heidi» im Fernsehen gesehen hat, war sie ganz inter-
essiert, wie der Geißenpeter da die Zicklein gemolken
hat. Das wollte sie dann an Norbert, dem Hund meiner
Freundin Gertrud, auch ausprobieren, was dem aber gar
nicht gefiel. Es gab heftiges Gekläff und ein paar Tränen.
Norbert ist ein Junge, wissen Se. Bei Hunden heißen die
Jungs ja Rüde. Das hat die Lisbeth sich aber auch nicht
richtig gemerkt und nennt ihn «Rüdiger». Was haben
wir gelacht! Gertrud sagt im Spaß jetzt auch manchmal
Rüdiger zu dem Tier. Er hört schon fast besser darauf,
als er es bei «Norbert» je getan hat!

«Lisbeth ist bei Madlääään», erklärte mir Ariane
sogleich. Madlääään ist die Nachbarin von Stefan und
Ariane. Die guckt immer so miesepetrig. Bei der traut
sich morgens nicht mal der Kaffee aus der Kanne. Sie
kauft ihren Mokka, so hat sie mir das jedenfalls mal erklärt, nur vergehandelt und ist deshalb völlig übersäu-
ert. So was überträgt sich doch auf das Kind! Ich sah es
nicht gern, dass die Kleine bei dieser verkniffenen Person war, aber «sie kann ja nicht nur von alten Tanten
erzogen werden», wie Ariane deutlich machte. Sie war
ein bisschen blass um die Nase.

Es schien also was Ernstes zu besprechen zu geben.

«Tante Renate, komm, nun setz dich erst mal hin»,
begann Stefan das Gespräch.

Nanu.

Den Satz kannte ich doch, den hatte er doch schon

mal zu mir gesagt! Ich grübelte. Kennen Se dieses Gefühl, wenn etwas passiert und die Situation drum herum ist insgesamt wie Schluckauf, dass man sich nur immer und immer wieder denkt: «Nanu, das habe ich doch schon mal erlebt»? Der Franzose sagt Déjà-vu, glaube ich. Und ich … ach du Schreck.

Ja, ich erinnerte mich genau. Es war damals, als der Stefan die Ariane frisch als Freundin hatte und die schon nach ein paar Wochen die kleine Lisbeth unter dem Herzen trug.

Ich lugte aus den Augenwinkeln rüber zu Ariane, und als ich sah, wie ihr so ein Zucken über das Gesicht huschte, na, da wusste ich Bescheid. Da flitzte sie auch schon los. Es war nämlich kein Magenflattern, sondern die Schwangerschaftsübelkeit, unter der sie wieder ganz furchtbar litt. Das arme Ding! Das ist wie bei der Prinzessin Kät von England, der Frau vom William, wissen Se? Die hat auch bei jedem Kind solche Probleme mit dem Thema. Immer muss sie alle Termine absagen, und der William kann zusehen, wie er allein mit den Kindern und dem Händeschütteln und Winken klarkommt.

«Ihr zwei seid mir welche. Meinen herzlichsten Glückwunsch! Wann ist es denn so weit?»

Die Schwangerschaft war noch ganz frisch. Es war noch in der Phase, wo man nur im ganz kleinen Kreis innerhalb der Familie darüber spricht und es noch nicht offiziell bekanntgibt. Mich freute das natürlich, die beiden sind jung und voller Energie, da sollen sie Kinder kriegen. Jetzt haben sie noch die Nerven und die Kraft, ihrer Herr zu werden. Ich fragte mich aber doch, ob es wohl so geplant war. Bestimmt. Heutzutage hatten die jungen Leute doch alle Möglichkeiten, das ein bisschen zu steuern. Kaum sind se 14, rennen se zum Frauenarzt und wollen die Pille, und diese Gummitütchen hängen auch in jeder Kaufhalle am Ständer vor der Kasse. Ich weiß das, ich habe acht Päckchen zu Hause. Wie oft habe ich mich schon vergriffen, wenn ich Batterien oder Streichhölzer wollte. Das ist aber auch immer eine Hektik beim Bezahlen, nee! Von hinten schieben se einem schon den Einkaufswagen in den Hacken, und vorne plärrt die Kassiererin «Vierundzwanzig zwanzig», während man noch die Punktekarte sucht. Und ehe man die Streichhölzer gefunden hat, hat man wieder diesen Schweinkram erwischt.

Nee, wirklich, man kann das heutzutage so viel besser planen als wir damals. Da musste ein «Nein, Otto, heute nicht» reichen. Es gibt jetzt sogar Äppse für den Händi, wo die Frauen Tagebuch über ... also, die können das da alles eintragen. Ich weiß das, Stefan hat mir das gezeigt. Ich war sehr verwundert, aber er sagt, er führt das für seine Kolleginnen ein bisschen mit und weiß so schon immer im Voraus, wann welche schlechte Laune hat.

«Wünscht ihr euch denn einen Jungen oder wieder ein Mädchen?», erkundigte ich mich, nachdem ich aufs herzlichste gratuliert und einen Korn zum Anstoßen geholt hatte. Für Ariane gab es ... Wasser.

Wissen Se, im Prinzip ist das ja egal. «Hauptsache,

gesund», sage ich immer. Aber so ein kleines Pärchen, ach, das wäre schon schön! Und ein Stammhalter in der Familie … wobei das ja dieser Tage keine Rolle mehr spielt. Heute sind doch alle so gleichberechtigt, dass man schon Ärger kriegt, wenn man was ohne «-innen» sagt oder schreibt. Das nimmt aber Auswüchse an, die schon wunderlich sind. Bei uns in der Kaufhalle haben sie abgepacktes Hähnchenfleisch, auf dem vorne «Hähncheninnenfilets» steht. Ich bitte Sie, das ist doch Blödsinn. Da kann man doch «Hühnchenfilets» schreiben und gut. Mir ist es im Grunde genommen auch ganz egal, ob es Hähnchen- oder Hühnchenfleisch ist, Hauptsache, es ist zart und lässt nicht zu viel Wasser aus beim Braten. Beim Sport reden se auch immer so einen Quatsch, wie neulich, beim Schwimmen, als die Staffel dran war: «Die Französin ist gut angeschwommen, aber ihre Landsmänninnen konnten hintenraus das Tempo nicht halten.» Statt dass der Landsfrau sagt, verrenkt der sich die Zunge, der olle Plapperkopp am Mikrophon. Das ist bestimmt so einer, der auch Hähncheninnenfilets isst!

Na ja. Wie dem auch sei. Wir hatten also eine Situation, in der Renate Bergmann den Dienstags-Tanztee mit den Witwen erst mal aufschieben musste. Familie geht schließlich vor, und auch, wenn man sich nicht einmischen und den jungen Leuten reinreden darf, war es doch an mir, ein paar Denkanstöße zu geben.

Es ist manchmal gar nicht verkehrt, wenn man sich mal verläuft. Beim Suchen nach dem richtigen Weg zurück entdeckt man oft spannende Pfade.

Man musste gut überlegen, wie es weitergeht. Stefan und Ariane wohnten zur Miete, genau wie ich, aber nicht in Spandau, sondern ein Stückchen rein nach Mitte hin. Im Wedding. Sie haben zwei Zimmer und eine kleine Kammer, in der das Kind schläft. Die Kammer kann man nicht als Zimmer rechnen, so klein ist die. Eine Küche haben sie natürlich auch – in der bleibt der Herd zwar meist kalt, aber das ist jetzt nicht das Thema. Und Badestube und Spültoilette innen. Nicht, dass Se denken, die müssen auf den Hof oder die halbe Treppe runter, nee, so ist es nicht mehr. Aber es ist doch recht beengt und nicht sehr schön. Im Grunde wohnen sie nicht viel anders als Otto, mein erster Mann, und ich seinerzeit in Moabit. Das ist ganz dichte bei. Wenn ich Stefan und Ariane besuche und ein bisschen vor der Zeit bin, bummele ich da ab und an vorbei. Dann kommen die Erinnerungen wieder hoch: Hinterhaus, zwei Treppen hoch, zur Untermiete bei Mutter Vettschau. Da haben wir gewohnt. Nur war bei uns die Toilette auf dem Hof, und gebadet haben wir am Sonnabend in der Zinkwanne im Waschkeller. Mutter Vettschau hat die Miete immer im Voraus kassiert, in bar, und ließ sie in der Schürzentasche verschwinden. Ständig wollte sie mehr, das war damals nicht anders als heute.

Ja, ist doch wahr, die Mieten werden jedes Jahr teurer, Sie ahnen ja nicht, was die einem abknöpfen mittlerweile! Und gerade in Berlin wird es immer verrückter. Wedding war früher ein Arbeiterviertel. Es war nie prächtig und schick, sondern schmuddelig und primitiv. Aber da es überall teurer wird, ziehen die jungen Leute dahin, wo die Preise noch halbwegs annehmbar sind. Das hat dann zur Folge, dass die Preise auch da immer mehr ins Unverschämte steigen. Mittlerweile gibt es in der Straße von Stefan und Ariane vier Läden, wo man Mackiatolatte kriegt. Aber Kurzwaren und Handarbeitsbedarf? Fehlanzeige! Letzthin haben da auch zwei Freundinnen von meiner Kirsten, die eben etwas ero... esoterisch unterwegs ist, eine Praxis eröffnet, in der sie beim «Finden der Mitte» helfen. Dabei ist Mitte nun wirklich nicht weit von Wedding, man kann den Fernsehturm schon sehen!

Da macht sich aber auch kein Politiker richtig Gedanken drüber, wie man das Problem mit dem Wohnen lösen kann. Es muss doch wohl möglich sein, dass man genügend bezahlbare Behausungen für alle hat; ich bitte Sie, der Krieg ist doch nun wirklich lange her. Neulich hat eine im Fernsehen gemurmelt, der «demographische Wandel» wäre schuld. Auf Deutsch: wir Alten. Eine Frechheit. Das sollte se mir mal ins Gesicht sagen, die würde mich aber kennenlernen! Früher haben wir gesagt «die Alten leben immer länger» und fertig war. Das kam ja schon bald nach dem Krieg auf, dass jeder Tabletten für den Blutdruck nahm und dass es nichts Besonderes mehr war, wenn einer im Dorf gut über den 80er drüber kam. Heute ist es schon fast der Normalfall. Nur tut man fein und nennt es «demographischen Wandel». Das Problem wäre aber lange nicht gelöst, wenn se uns Omas und Opas kurzhielten mit den Tabletten und «der da oben» uns wieder früher heimriefe. Es wachsen nämlich auch nicht mehr so viele Junge nach wie zu meiner Zeit! Das liegt nun aber auch am Fernsehprogramm, da kann mir einer erzählen, was er will. Früher gab es drei Programme. Kurz vor Geisterstunde kam der Kuhlenkampf mit den Nachtgedanken, die Nationalhymne wurde gespielt, und dann war bis nächsten Mittag Schluss. Testbild. Ja, was blieb den Leuten denn da übrig, als ins Bett zu gehen? Zum Lesen war es zu dunkel, also hat man … man hat was für die Bevölkerungsentwicklung getan. Jawoll! Achten Se mal drauf, wie viele Leute Anfang / Mitte September Geburtstag haben, und rechnen Se neun Monate zurück. Das ist die Weihnachtszeit. Da wissen Se Bescheid, was die Eltern da gemacht haben! Da hatte man mal Gelegenheit für so was, nicht wahr?

«Habt ihr euch denn schon Gedanken gemacht, wo ihr wohnen wollt, Stefan?», fragte ich.

«Na ja, so beengt wohnen geht auf Dauer natürlich nicht mit zwei Kindern. Wir müssen gucken, wo wir was Größeres finden. Aber die Mieten …»

Ariane blies die Backen auf. Sie hatte im Onlein schon rumgestöbert, und ihr war fast das Herz stehengeblieben, sagte se. Es würde nicht leicht werden, aber sie «wäre dran» und hätte auch schon selbst eine Suchanzeige aufgegeben und mit einem Makler gesprochen.

«Es wird sich schon fügen, Tante Renate. Uns drängt ja erst mal nichts, Lisbeth ist untergebracht, und das Kleine kann die ersten Monate auch bei uns schlafen.» Das kann ich gut leiden an Ariane, wissen Se. Sie ist sehr patent und macht immer das Beste aus der Situation. Eine gute Frau hat sich der Stefan da ausgesucht, auch, wenn sie fertigen Kloßteig kauft.

Ariane bat mich noch, Augen und Ohren offen zu halten. «In deinem Bekanntenkreis wird doch vielleicht hier und da mal was frei, Tante Renate. Einer geht ins Altenheim oder ... geht ganz ... plötzlich heim.» Sie versuchte, pietätvoll zu bleiben. Ich sage Ihnen, das ist nicht bei allen der Fall. Es gibt auch richtig schlimme Gängster, die da Schindluder mit treiben. Denken Se sich nur, als Richard Hacksmann von uns gegangen ist, bekam seine Ursel zwei Tage, nachdem die Sterbeanzeige im Kurier war, eine Mahnung von einem Sexversand. Richard soll angeblich unanständigen Kram für bald 150 Euro gekauft haben, und nun bitte man doch, dass das diskret bezahlt und aus der Welt geschafft wird. Ursel war zum Glück helle und hat den Schriebs gleich ins Feuer geschmissen. Richard war nämlich seit zwei Jahren bettlägerig und konnte gar nicht im Schweinskramkatalog geblättert haben. Irgendwelche Halunken haben da die Anzeigen durchgeguckt und einfach Mahnbriefe verschickt. Eine Frechheit ist das, als ob man in so einem Moment nicht schon Gram genug hat. Aber wie viele überweisen in einer solchen Verlustsituation, wo man ja unter Schock steht, aus Scham? Nee, es ist eine Unverschämtheit! Na ja, aber was wollte ich eigentlich sagen?

Ach ja. Seit neuestem telefonieren die Wohnungssuchenden in Berlin nicht mehr nur die Wohnungsanzeigen ab, sondern auch die Traueranzeigen. Das ist vielleicht nicht sehr rücksichtsvoll den Angehörigen gegenüber, aber auch nicht dumm. Hin und wieder fügen sich da die Interessen gut zusammen: Die Kinder von der ollen Kneckemann, die nie gegrüßt und das Bein so nachgezogen hat, die haben die Wohnung – wie sie war! – an die Nachmieter übergeben und konnten sich die Sperrmüllabfuhr und das Malern sparen. «Winwinwinsituation», hat Stefan gemurmelt, und dass er da auch zugreifen würde. Darauf spielte Ariane an. Warum sollten die jungen Leute auch nicht von meinen ausgezeichneten Kontakten profitieren? Ich versprach, mich umzuhören, und stieß mit Stefan erst mal an. Wir mussten das alles ja auch nicht gleich heute entscheiden, das Baby war ja gerade frisch angesetzt, sozusagen. «Kommt Zeit, kommt Rat», hat Oma Strelemann schon immer gesagt. Ich verabschiedete die jungen Leute und mahnte Stefan, darauf zu achten, dass Ariane sich schont.

Ich wäre aber nicht Renate Bergmann, hätte ich nicht schon eine Idee im Sinn gehabt. Ha!

Bevor ich zu Bett gehe, hänge ich immer noch die Bilder meiner verstorbenen Männer ab. Es wäre mir unangenehm, würden die mich ohne Zähne sehen.

Damit Se verstehen, welche Idee ich da hatte, muss ich Ihnen (kurz!) von Franz erzählen. Franz war meine dritte standesamtliche Zuteilung – und ein Fehlgriff ins Gatten-Regal.

Es ist traurig, aber wahr: Die Jugend wird an die Jungen verschwendet. Ach, wenn wir Alten noch ein paar unserer frühen Tage hätten, wir könnten doch etwas viel Klügeres damit anfangen! Aber es wird wohl schon richtig so sein, die Jugend gehört gedankenlos verschwendet. «Lebt», sage ich den jungen Leuten immer, «lebt, genießt und schwelgt. Es wird noch früh genug beschwerlich, und dann hat man nur noch Erinnerungen.»

Wissen Se, ich will gar nicht noch mal jung sein. Was habe ich für Fehler begangen, Himmel, nee! Und Franz war nur einer davon. Es hat aber gar keinen Sinn, darüber nachzugrübeln. Die Lektionen sind gelernt, und nun lebe ich im Hier, Jetzt und Heute. Die Zeit, die mir noch bleibt, ist knapp genug. Die werde ich doch nicht damit vergeuden, über vergangene Tage zu jammern. Aber WENN ich noch mal jung wäre, ha, meinen Franz würde ich vor die Tür setzen. Mindestens!

Seinerzeit war das noch nicht so mit Emanzipation und solchen Dingen. Wenn man als Frau da gemerkt hat, dass der Mann fremd... also, es mit der Treue nicht so genau nahm, dann weinte man ins Kissen und wartete, bis er starb. Eine Renate Bergmann, damals noch verheiratete Hilbert, war ihrer Zeit aber ein bisschen voraus und weinte zumindest nicht (nur). Als ich merkte, dass der Franz sich mit Possiermädchen vergnügte, ließ ich ihn auf der Couch nächtigen. Nicht mal geleugnet hat der Hallodri das! «Ehe ist etwas so Schwieriges, dass man drei Leute braucht, damit sie funktioniert», sagte er nur und lächelte. Das war das letzte Mal, dass der gelächelt hat, das sage ich Ihnen aber. Dem habe ich das Leben ungemütlich gemacht. Die Schlafzimmertür war von da an immer abgeschlossen und für ihn tabu. Da kam der nicht mehr durch. Nee, nee.

Wissen Se, ich war ja als Schaffnerin im D-Zug oft lange weg. Heute würde man wohl sagen, dass wir von da an eine Wohngemeinschaft hatten. Wir lebten zusammen, aber getrennt von Tisch und Bett. Wie die jungen Leute bei mir im Haus: ein Mädchelchen und zwei Herren, die alle was studieren und sich eine Wohnung und die Miete teilen. Jeder schläft in seinem Zimmer, und ab und an kochen sie gemeinsam, aber im Grunde geht jeder seiner Wege. So hielt ich es mit Franz auch, seit ich dem verdorbenen Fremdgänger draufgekommen war. Der olle Zausel durfte auf dem Küchensofa schlafen und seine Sachen in der Anbauwand verwahren. Und damit war der noch gut bedient! Ich machte sogar weiter seine Wäsche mit, schließlich war er nach außen hin mein Mann, und die Schande, dass die Leute reden, hätte ich nicht gewollt. Wegen der Wäsche bin ich ihm auch draufgekommen; der Dussel war nämlich so unvorsichtig, mir seine Hemden in die Truhe zu werfen, die nach dem Parföng von seiner Bettgesellin rochen. Ich bitte Sie, ich erkenne doch NONCHALANCE! So was Gutes hatte ich nicht, das war Westparföng. Das gab es nur im Intershop. Als ich dann sogar ein rotes langes Haar auf dem Hemd entdeckte, na, da war es aber aus. Franz hat vielleicht Augen gemacht, als er sein Plumeau auf dem Küchensofa liegen sah. Kein Wort musste ich sagen, der wusste genau, dass ich ihm auf die Schliche gekommen war. Schürzenjäger, verdammter! Was hat der über Rückenschmerzen gejammert in den Wochen danach, angeblich wegen des Küchensofas. Aber auf dem Ohr war ich taub. «Wenn es hinten weh tut, musst du vorne aufhören, du oller Bock», das war alles, was ich ihm noch mitgab. Es ging ja auch nicht lange, kein halbes Jahr später war er mausetot. Jetzt gucken Se nich so, *ich* habe damit nichts zu tun. Mein Alibi war dicht wie eine Tresortür, stand 28 Jahre lang quer durch Berlin, wurde von bewaffneten Organen beschützt und nannte sich Mauer: Der Franz starb auf Dienstreise nach Westberlin.

Was meinen Se, wie schwierig es war, den toten Franz nach Hause zu bekommen! Was auch immer vorgefallen war, er war mein Angetrauter, und es gehörte sich doch, dass ich ihn in Ehren – so viele Ehren, wie er eben noch verdient hatte – unter die Erde brachte. Was haben die sich angestellt beim Zoll, ich sage Ihnen, so was Bockbeiniges hatte ich noch nicht erlebt. Erst hieß es, er dürfte nicht im Sarg aus Westberlin raus, sondern nur eingeäschert in der Urne. Ich bitte Sie! Denen habe ich aber was erzählt. Ich legte los und der Beamte die Ohren an. «Wenn ich ein Schwein zum Schlachter bringe», sagte ich, «dann will ich doch zum Wursten auch zwei Hälften zurück und nicht schon fertigen Gulasch!» Das habe ich dem gesagt und noch ganz andere Sachen. Eine Renate Bergmann redet nicht lange um den heißen Brei herum, sondern Tacheles. Es ging ein Weilchen hin und her, der andere Zoll wurde hinzugezogen, und ein Herr guckte in einer Tabelle nach. Zwischen Krokussen, Feinstrumpfhosen und Autorückspiegeln fand sich nach langer Suche «Sarg». Letztlich war vonseiten Ostberlins alles genehmigt, und nun sollten noch die Franzosen ja und amen sagen, weil es Franz im französischen Sektor dahingerafft hatte.

Da wurde es mir endgültig zu bunt. Die Zeit drängte ja auch, wissen Se, wir hatten Sommer, da musste der Kerl zügig unter die Erde!

Als Franz wieder im Osten war, hat ihm der Rachmeier, mein Haus-und-Hof-Bestatter, erst mal einen anständigen Anzug angezogen. Das rüschige Leichenhemd aus dem Westen hat er nicht anbehalten, das war ja würdelos! Das sah eher aus wie ein Taufkleid oder als wäre mein Mann einem «Käfig voller Narren» entsprungen. Aber den Sarg von drüben, den haben wir ihm gelassen. Was meinen Se, wie die Leute geguckt haben, so was Schönes hatten die meisten ollen Frauen noch nie gesehen. Massive Eiche, dunkel gebeizt und mit üppigen Beschlägen aus Messing. Sehr gediegen! Heute ist das ja Standard, da können Se für Geld ja alles kriegen, aber zu DDR-Zeiten war das wie ein Mercedes zwischen lauter Trabis. Franz wurde also begraben wie ein Staatsmann. Im Grunde völlig unverdient. Na ja.

Franz hatte es schneller von der Platte geputzt, als ich ahnen konnte, und ich stand als nun dreifache Witwe da, immer noch jung und vorzeigbar. Ich betrauerte ihn, wie es sich gehörte, räumte das Küchensofa wieder frei, gab seine Anzüge zum Roten Kreuz und trug ein halbes Jahr Schwarz, wie es der Anstand gebot. Dann war es aber auch gut.

Kaum ein paar Wochen, nachdem wir ihn in Heimaterde zur letzten Ruhe gebettet hatten, kam raus, dass er mir nicht nur die Lebensversicherung, ein hübsches Sümmchen auf dem Sparbuch und den Namen Hilbert hinterlassen hatte, sondern auch ein Grundstück in Westberlin. Du meine Güte, was meinen Se, was das wieder für Ärger mit den Behörden gab. Es ging über JAHRE hin und her! Ich durfte ja nicht reisen, das Alter hatte ich noch lange nicht. Solange man rackern konnte, war man wertvolle Arbeitskraft, aber als Rentenbezieher hätte man ruhig drüben bleiben dürfen, das hätte die Kasse geschont. Irgendwann – es war wohl schon in den 80ern, wissen Se, die Behörden arbeiteten damals schon in einem Tempo, wie eine Schildkröte krabbelt –, jedenfalls nach etlichen Jahren kam ein Wisch, der mich als Grundstückseigentümerin auswies. Das Fleckchen Erde war unbebaut, irgendwo im Niemandsland dichte bei der Mauer, am Rande von Spandau. Fragen Se mich nicht, wie Franz da drangekommen war. Ob der das selber geerbt hatte oder ob er im Westen darum gespielt hat, ich weiß es wirklich nicht.

Wirklich nicht, Sie müssen gar nicht nachbohren! Ich hatte das Grundstück auch tatsächlich vergessen, das schwöre ich Ihnen, so wahr ich hier sitze und Renate Bergmann heiße. Ich schwöre es beim Rouladenrezept von Oma Strelemann! Sie wissen ja, wie das ist, man heftet so was in den «Wichtig»-Ordner und denkt sich mit ganz schlechtem Gewissen: «Da musst du mal wieder durchräumen.» Ein-, zweimal im Jahr nimmt man ihn sich wirklich vor und blättert durch, und dann fallen einem die Wasserabrechnung von 1984, das Gesundheitszeugnis von einem der Männer oder der Garantieschein für den Föhn oder die Fernsehtruhe in die Finger, und man stellt das Ding ganz schnell wieder weg, weil es ja sein kann, dass man das noch mal braucht.

Ich bin ja auch noch umgezogen zu Walter, meinem vierten Mann, und da denkt man nun wirklich gar nicht mehr an das Vorgängermodell. Erst recht nicht bei so einem Fremdgänger und Springinsfeld! Sie werden mich verstehen, meine Damen, oder? Sicher, ich weiß, was sich gehört, selbstverständlich wird Franz bepflanzt, geharkt und begossen wie die drei anderen Herren auch, da mache ich keinerlei Unterschiede. Schon, weil ich kein Gerede will. Was würde sich Wilma Kuckert, die Anwaltswitwe, das Maul zerreißen, wenn sich rausstellen würde, dass ich Franz billigere Eisbegonien aufs Grab pflanze als Walter. Nee, da lasse ich mir nichts nachsagen!

Jetzt jedenfalls kam mir die Geschichte wieder in den Sinn, und zwar genau, als ich mit Ilse und Kurt im Koyota auf dem Rückweg vom Galle-Doktor an der Parzelle vorbeifuhr. Nicht, dass die Strecke nun direkt am Ererbten entlanggeführt hätte, aber Kurt nimmt eben nicht immer den direkten Weg. Gläsers – also, Ilse und Kurt – sind gut in Schuss für ihre Jahre. Die nehmen ihre Tabletten, essen gesund und sind sozusagen scheckheftgepflegt. Aber bei Kurts Augen können Se pflegen, soviel Sie wollen, wenn die Sehkraft erst mal im Keller ist, kriegen Se den Kerl nicht wieder zum Seeadler gepäppelt. Kurt fährt aber sachte, und Ilse und ich gucken mit auf den Verkehr. Er nimmt auch gern die Nebenstraßen, wissen Se, da hat er die Rückkopplung vom Bordstein, wenn er zu weit rüberkommt, und es scheppert nicht gleich eine Leitplanke wie auf der Autobahn. Jedenfalls fiel es mir wie Schuppen in die Suppe, als wir … nee, sagt man das so? Von den Augen heißt es wohl. Wie auch immer, als Kurt einbog, rief Ilse gleich: «Renate, hier in der Ecke irgendwo PASS AUF, KURT, DA IST ROT! muss doch das Grundstück liegen, das dir der Franz hinterlassen hat, oder?» Das war der Augenblick, in dem der Stein ins Rollen kam. Da kam mir das Grundstück auch wieder in den Sinn.

Was, wenn wir bauen würden?

Wissen Se, Stefan und Ariane mit zwei Kindern in einer viel zu kleinen Mietwohnung – das muss doch wirklich nicht sein!

Beinahe hätte ich den jungen Leuten noch ein zweites Grundstück zur Auswahl anbieten können. Es wäre auch Spandau gewesen, noch ein bisschen größer als das von Franz und mit einem verfallenen Katen drauf. Das habe ich beim Pokern gewonnen! Aber schlussendlich kam ich nicht ins Grundbuch, weil Gretchen Görlitz tags zuvor mit den Tabletten neu eingestellt worden und daher «nicht geschäftsfähig» war. Pah! Na ja, ein Grundstück langte ja auch. Niemand kann erwarten, dass ich eine Palette von Liegenschaften zum Aussuchen in petto habe! Das eine war Glücksfall genug, Punkt.

Nee, eine Renate Bergmann ist eine Frau der Tat und fackelt nicht lange: Es lag doch auf der Hand, dass wir bauen würden! Also, ich sage jetzt «wir», aber eigentlich meine ich natürlich die jungen Leute. Ich hatte ein Grundstück, ein bisschen Geld auf der hohen Kante, na, und Stefan und Ariane waren jung, hatten zwei kräftige Hände zum Zupacken und was Ordentliches gelernt. Alter hin oder her – wir leben in einer Zeit, wo mit 80 (oder auch knapp drüber) noch lange nicht Schluss sein muss. Der Herr Hagekorn, der nette Apotheker, den ich vor einiger Zeit auf einer Busfahrt kennengelernt habe, der ist jetzt nach Mallorca gezogen und hat sich was Altengerechtes zugelegt. Er war erst eine Zeitlang bei seinen Kindern am Tegernsee, aber die gingen ihm – so las ich es zumindest aus seinen Zeilen raus, er ist viel zu vornehm, um sich offen zu beklagen – ganz schnell auf den Kranz. Geld genug hat er ja, der olle Pillendreher, und nun liegt der den ganzen Winter über bei mildem Klima auf der Veranda, guckt aufs Meer und hört den Wellen beim Rauschen zu.

Ach, ein wunderbarer Mann ist das, der Herr Hagekorn.

Aber wissen Se, was für ihn Meeresrauschen, ist für mich Kinderlachen, und deshalb war die Vorstellung, mit den jungen Winklers hier zu bauen, ein Märchen, das wahr würde.

Mein Mallorca war Spandau!

Früher hatten wir richtigen Strom, da wurde die Heizdecke auch warm. Jetzt, mit dem Bio-Strom, muss ich auf sechs stellen und friere immer noch. AUF SECHS!

Das Grundstück liegt ein Stückchen ab von Spandau, nahe an Brandenburg ran. Das ist schon fast außerhalb, wenn man ehrlich ist. «So weit weg? Da kommt doch nicht mal der Bofrost hin!», schimpfte Ariane. Das war natürlich totaler Quatsch. Bus und S-Bahn gehen bis hierher, und es hat auch Berliner Postleitzahl. Da kann man die Wäsche an der frischen Luft trocknen, und die Laken duften blütenrein, wenn man sie reinholt. Das können Se in Kreuzberg oder Mitte nicht. Wenn Se da ein Laken auf den Balkon hängen, kommt sofort die Polizei und erzählt einem was von nicht angemeldeter Demonstration. Arianes Meinung musste man sowieso anders einordnen, die war ja wegen der Schwangerschaft komplett durch den Wind. Nur Luft und bunte Murmeln im Kopf! Da musste eine ältere, verantwortungsbewusste und lebenserfahrene Person mit Geschmack ans Ruder (oder den Mischer, hihi), schließlich baut man nur einmal.

Ein paar Tage grübelten und rechneten die jungen Leute doch, nachdem ich mit meiner Idee rausgerückt war, aber letztlich lagen die Vorteile klar auf der Hand: Wenn man zu einem eigenen Häuschen kommt, nimmt man dafür auch Spandau und die olle Tante in der Nähe in Kauf. Wir fuhren denn auch bald zum Baugrund, schließlich musste das alles mal abgeschritten werden. Wissen Se, ich wohnte nur zehn Busminuten entfernt, aber wenn man gar nicht daran denkt, dass einem da ein Grundstück gehört, sieht man wirklich nur eine Brache, auf der Unkraut wächst. Wie oft bin ich hier vorbeigefahren, aber habe nie wahrgenommen, dass es alles gab, was man brauchte: Ein Sanitätshaus und eine Apotheke waren in Sichtweite. Wenn es das gibt, kann mindestens ein Doktor auch nicht weit sein. Apotheken siedeln sich doch immer in der Nähe des Ernährers an. Es gab auch einen Kinderspielplatz mit einer Rutsche, so einem Kreisel, auf dem sich die Kleinen drehen können, bis einer speit, und einem Sandkasten. Im Moment war da, wo unsere kleine Herberge entstehen sollte, zwar nur hohes Gras, aber das würde schon werden, wenn wir alle mit anpackten. Hinten raus ging die Wiese sogar in Schilf über, das einen kleinen Weiher umrandete. Pah! Was brauchte ich Mallorca, wenn ich Spandau hatte. Hoffentlich plärrten jetzt keine Frösche los, solange Ariane und Stefan noch nicht fest zugesagt hatten, die wären imstande, deswegen nein zu sagen.

Schön war's, doch. Schön! Eine ruhige Gegend. Genau das Richtige für die Kinder. Hier konnten die

Kleinen noch draußen spielen und mussten nicht beaufsichtigt werden.

Ariane stapfte über die Wiese, blies kurz die Backen auf und meinte, hier würden die Bürgersteige um halb acht hochgeklappt und der Mond mit dem Besenstiel hochgeschoben. Können Sie verstehen, was daran schlecht sein soll? Wir fuhren dann jedenfalls bald wieder los.

Viele – und Ariane gehört dazu – sagen ja immer, Spandau wäre gar nicht richtig Berlin, sondern nur ein großes Dorf. Manche sagen auch, Spandau wäre ein Vorort von Hamburg, was ich persönlich ja sehr ungezogen finde, und Ariane nannte es letzthin sogar abfällig «Wolfserwartungsgebiet». Frechheit! Aber das mit dem Dorf, das kommt schon hin. Bei uns im Kiez ist es gemütlich und übersichtlich.

Sicher, es verändert sich auch hier vieles. Früher, ja, da kannte ich jeden! Aber in den letzten paar Jahren ist es wie im Taubenschlag. Schlag. Sehen Se, man rutscht nur einmal mit dem Finger ab, und schon kommt Blödsinn raus. Die Arthritis, entschuldigen Se.

Kaum, dass man sich die Gesichter gemerkt und die Namen und Autonummernschilder dazu eingeprägt hat, sind se wieder weg.

Ich muss zugeben: Nicht mehr jedes Gesicht sagt mir was. Meiner Freundin Ilse hingehen schon. Ilse trainiert ihr Gehirn, indem sie die Stammbäume aller Familien in Spandau auswendig lernt, Suchbilder nach Unterschieden durchforstet, Lukako löst (oder Subaro? Judoka? Herrje, Sie wissen schon) und viel liest. Man muss ein bisschen was tun, damit man nicht einrostet! Und damit meine ich nicht nur die Knochen, sondern auch die grauen Zellen im Oberstübchen. Kreuzworträtseln allein reicht da nicht. Ilse lernt eben am liebsten Verwandtschaftsbeziehungen auswendig und weiß deshalb mehr über die Zusammenhänge als die Leute selbst, das sage ich Ihnen. Sogar beim Dönermann hat sie sich auf Spurensuche begeben, aber der ist misstrauisch und hält Ilse kurz mit Informationen. Doch Ilse ist beharrlich. Sie kauft bei ihm immer das Fladenbrot und fragt sich nebenher kontinuierlich bis in die Bergdörfer hinter Antalya durch. Es ist sehr schwer für sie, den Überblick zu behalten, weil die Männer im Grunde alle Mohammed oder Ahmed heißen. Aber Ilse sagt, der wohnt in Spandau, der arbeitet hier, also gehört er dazu und dann muss sie auch über ihn Bescheid wissen. Genau wie über die Familie Bockwitz. Bei denen ist es einfacher, da schließt sich der Stammbaum nämlich nach der dritten Generation schon wieder zum Kreis.

Ich merke mir so was nicht. Ganz ehrlich, ich habe schon Probleme, mit den Königshäusern auf dem Laufenden zu bleiben, erst recht, wo die Prinzen jetzt alle so Bürgerliche mit zweifelhafter Verwandtschaft heiraten. Der Harry zum Beispiel, der Große von der Diana, der die Merkeln geheiratet hat … Nee, warten Se, der Harry ist der Kleine. Der Große ist ja William mit seiner Prinzessin Kät. Also, da sehen Se schon, ich bin nicht gut in

Stammbaum. Aber ich bin im Vorstand vom Rentner-club, Vorsitzende im Witwenclub und mache ab und an Hausaufgaben mit Jens Berber. Wie auch immer: Zwei Dingen muss man immer was zum Arbeiten geben: dem Magen und dem Verstand!

Aber zurück zum Grundstück in Spandau. Stefan und Ariane überlegten und diskutierten noch ein paar Tage, aber letztlich war mein Angebot zu verlockend, um es abzulehnen. Einem geschenkten Gaul schaut man schließlich nicht ins Maul!

Wichtig ist neben der Lage ja auch, dass ein Grundstück gut erschlossen ist. Früher war ja nur wichtig, dass es Strom und fließend Wasser gibt, Telefonanschluss war schon Luxus. Heute muss man auch darauf achten, dass es richtiger Strom ist, der auch was taugt, und nicht Bio-Strom. Nichts ist doch schlimmer, als wenn einem die Sicherung um die Ohren fliegt, sobald man bloß das Plätteisen, den Plattenspieler und die Heimdauer-welle zusammen einschaltet. Wichtig ist auch, dass das Interweb nicht so schwach ist. Zwei mickrige Balken im Tomatentelefon reichen lange nicht hin! «Und, dass ein Dönerladen in der Nähe ist», sagte Stefan. Ich glaube nicht mal, dass das ein Spaß gewesen ist. In diesen Din-gen ähnelt er meiner Nachbarin Manja Berber mehr und mehr – nur, dass er sechs Kleidergrößen kleiner trägt. An dem bleibt nichts hängen, ein ganz Drahtiger ist das. So war Otto, mein erster Mann, auch, das haben die Winklers wohl im Blut.

Kurzum, das Grundstück war nun schon mal da, und ein bisschen Eigenkapital würde ich auch beisteuern. Ich weiß nicht, ob Sie sich darauf entsinnen, ich hatte seinerzeit ein klein wenig Ärger mit der Sparkasse, als die von meinem ererbten Notgroschen Aktien gekauft haben. Das war eine Aufregung, sage ich Ihnen! Ich will das hier nicht wieder aufs Tapet bringen, nur so viel: Es ist alles gut, und ich bin als bescheiden-wohlhabende Dame mit kleinem Vermögen aus der Geschichte hervorgegangen. Na, da können Se sich ja denken, was ich gemacht habe, nicht wahr? Ich habe den Quatsch mit dem Wertpipapo stehenden Fußes beendet und mir das Geld auf das Sparbuch eintragen lassen. Davon habe ich nichts verplempert, sondern gezielt investiert. Zum Beispiel habe ich dem Bengel von meiner Nachbarin, dem Mäddocks Meiser, was zum Führerschein dazugegeben. Ja, man weiß schließlich nie, wie lange das mit Kurts Augen noch gut geht und er noch fahren darf, da schadet es nicht, wenn man eine Alternative hat, die man bitten kann, einen zum Doktor zu schoffieren! Auch eine Renate Bergmann muss *mal* an sich denken. Mit Gertrud habe ich eine schöne Kreuzfahrt durch das Mittelmeer gemacht, das war sozusagen eine kleine Belohnung für uns zwei, dass wir es nun schon über sechzig Jahre als Freundinnen miteinander aushalten. Aber ich bin keine Person, die das Geld mit beiden Händen zum Fenster rausschmeißt. Bevor ich etwas kaufe, überlege ich gründlich. Was braucht man denn als alter Mensch groß? Ich habe mein ganzes Leben auf gute Qualität geachtet. Lieber gebe ich einmal ein bisschen mehr aus und habe was Solides, als dass ich jede Woche billigen Plunder nachkaufe. Wenn ich sehe, was die Berbersche an Leibchen auf die Leine hängt! «Guck mal, Doris, nur 7 Euro bei Preimack», hat se der Meiser vom Wäscheplatz aus zugerufen und so ein schäbiges Ding hochgehalten. Zwei Wochen später war es schon wieder was Neues, Flimmerndes. So kauft sie in einem fort billigen Krempel und merkt gar nicht, dass es unterm Strich viel teurer ist, als würde man einmal was Richtiges anschaffen. Genauso mit ihren Strippenschlüppern. «Nur ein Euro», brüstet sie sich und zeigte auf ein Fähnchen an zwei Schnürsenkeln. Ich bitte Sie! Ich habe noch Miederhöschen mit Strumpfhalter, die Mutter mir zur Konfirmation gekauft hat. Die kamen damals 14 Mark, das war viel Geld. Aber dafür halten die auch bis heute!

Nee, wenn man ein bisschen mehr ausgibt, spart das auf Dauer. Und so hatte ich ein hübsches Sümmchen beisammen, was den jungen Leuten zugutekommen soll. Ich werde den Teufel tun und hier Zahlen nennen. Über Geld spricht man nicht. Ich sage nur so viel: Das Grundstück war da, so hatten wir schon ordentlich was bei den Kosten gespart. Meine Ersparnisse kamen da noch obenauf, und das, was die von der Bank als «Eigenleistungen» bezeichneten. Darunter verstanden die, dass wir alle mithelfen auf dem Bau und ein paar Stunden ableisten. Das ist für unsereins ja selbstverständlich, aber nicht für so einen sesselpupsenden Bänker. Die rechneten das extra an. Hinzu kommt, dass die Zinsen im

38

Moment billig sind. Ja, es hat ja alles immer zwei Seiten. Unsereins ärgert sich, dass es auf dem Sparbuch nichts mehr gibt – im Gegenteil, man muss schon Gebühren dafür bezahlen, dass die das Geld für einen aufheben! –, aber andererseits kostet es eben auch nicht viel, wenn man sich Geld borgt. Ich bin ja die Letzte, die fürs Schuldenmachen ist. Leute, die einen Kredit für einen Fernseher oder einen Urlaub aufnehmen, kann ich nicht verstehen. So was kauft man doch nicht auf Abzahlung! Schulden machen für sein Vergnügen? Bei mir gibt es so etwas nicht. Aber bei einem Eigenheim ist das was anderes. Das kann einem keiner nehmen! Der Urlaub ist nach drei Wochen um, aber das Haus steht und spart jeden Monat Miete.

Der Herr Alex, der in der WG bei mir im Haus lebt, der studiert auf Rechtsanwalt und Wirtschaft und solchen Kram und kann das besser erklären. Der war auch mit Stefan zur Bank. Wissen Se, mein Neffe ist ein Guter, aber mit so was kennt er sich nicht aus. Es war auch nicht so, dass er groß Eigenkapital beizusteuern hatte, dafür ist er wohl zu jung. Aber immerhin hatte er seine alte Tante in der Hinterhand, das war schon ein Pfund. Hihi. Nee, richtig schnieke sahen die beiden aus. Ich bürstete ihnen noch einen Scheitel und gab ihnen frische Taschentücher mit. Bei so einem wichtigen Termin muss man doch einen guten Eindruck machen!

Ich rief noch nach, sie sollen mich gleich anläuten, wenn sie wüssten, ob das mit dem Geld klappt. Da drehte sich Alex, der Schussel, um und meinte: «Ach je, Frau Bergmann, mein Akku ist runter auf unter 10 Prozent, hoffentlich reicht das noch!»

Natürlich reicht das nicht! Diese jungen Leute, nee! Sie halten sich für klug und glauben, sie wüssten alles, aber dann gehen die mit fast leerer Batterie auf dem Händi aus dem Haus. Ich habe ja immer Reservestrom im Beutelchen vorn am Rollator. Herr Krautwurm hat da seinen Katheterbeutel hängen, und bei mir ist es der Reservestrom. Beim Scheibchentelefon kann man die Batterie nämlich nicht auswechseln, müssen Se wissen. Man muss ein Kabel anstöpseln, und dann nimmt es den Strom von der Ersatzbatterie. Früher, beim Trabbi, musste ich auch immer auf Reserve umschalten, wenn das Benzin knapp wurde. Da war so ein Hebelchen im Fußraum, da musste man runter und es nach links drehen, so hatte man noch mal Sprit für bis zur nächsten Tankstelle. So ähnlich ist das mit dem Händi auch. Ich gab Herrn Alex meine Reservebatterie und das Zündkabel … also, die Ladestrippe. Er lächelte und murmelte was von «kuhle Socke».

Stefan und Alex haben den Herrn von der Sparkasse höflich daran erinnert, was der damals für einen schlimmen Fehler mit meinen Aktien gemacht hat und auch darauf hingewiesen, dass das Opfer – das bin ich – die Angelegenheit bisher nicht im «Spandauer Boten» breitgetreten hat. Hinterher haben mich Stefan und Alex abgeklatscht und zur Feier des Tages einen Sekt aufgemacht. Bei den Zinsen haben die Lauser tatsächlich noch ein halbes Prozent rausgehandelt. Das klingt nicht viel, aber über die Jahre läppert es sich. Wenn man alles mit allem zusammenrechnet und einen Strich drunter zieht, kommt nun raus, dass Ariane und Stefan in Zukunft weniger für den Kredit abzahlen müssen, als heute jeden Monat Miete fällig wird. Ich bitte Sie, da kann man doch nicht nein sagen! Jeder weiß doch, dass die Mieten nicht billiger werden in den nächsten Jahren. In großen Städten finden Se doch kaum noch bezahlbaren Wohnraum. Letzthin, als ich Gardinen in der Trommel hatte, dauerte es kaum zehn Minuten, bis es an der Tür schellte und ein Fräulein fragte, ob ich wohl ausziehe und sie die Wohnung übernehmen kann. Das ist doch verrückt! Ganz egal, was die Politiker rumeiern oder sagen, wir werden uns noch warm anziehen müssen. Da ist es gut, wenn man seine eigenen vier Wände hat. «Eigener Herd ist Goldes wert», heißt es immer, und da ist was Wahres dran. Selbst, wenn der Herd in Spandau steht und die jungen Dinger doch nur Tütensuppe darauf warm machen.

Ariane hat die Nudeln an die Decke geschmissen, um zu testen, ob sie gar sind. Man kann nur den Kopf schütteln! Ich bin regelrecht froh, dass es nicht Rouladen gibt.

Ich war auch froh, dass ich mein bisschen Geld auf diesem Weg (also na ja, in diesem Häuschen) gut angelegt wusste. Wenn man auf der Zielgeraden des Lebens ist – und machen wir uns nichts vor, mit 82 ist man das, da beißt die Maus keinen Faden ab –, überlegt man, was mal werden soll.

Wer soll mal erben?

Wer soll es kriegen?

Am schönsten ist es doch, wenn man noch zu Lebzeiten sieht, wie Gutes mit seinem Ersparten passiert. «Geld ist wie Mist, wenn es auf dem Haufen liegt, ist es unnütz und stinkt, aber wenn man es verteilt, wirkt es wie Dünger und lässt die Dinge wachsen und erblühen», so in der Art hat es ein Ami-Dichter mal gesagt. Das hat mir gefallen, das habe ich mir gemerkt.

Es stand also fest: Jawoll, wir würden bauen! Als Stefan und der Herr Alex zurück waren, gönnten wir uns einen Korn. Also, nach dem Sekt. Das musste schon sein, so ein Anlass will ordentlich begossen werden. Es gibt ja Leute, die mir nachsagen, ich würde geradezu nach Anlässen suchen, um einen Korn zur Brust zu nehmen. Gertrud zum Beispiel. Immer, wenn ich mir AUSNAHMSWEISE mal einen Korn genehmige, sagt sie ganz spitz: «Prost, Renate. *Ich* trinke ja nicht.» Da isse Expertin drin, anderen Leuten so nebenbei einen einzuschenken. Sie guckt dann auch sehr vorwurfsvoll und wendet sich ab, als wäre ihr das alles ganz schrecklich unangenehm. Ich lasse das aber an mir abprallen, wissen Se, die soll mal ganz stille sein. Die nascht über den Tag verteilt zwei Schachteln «Edeltroppen in Nuss». Es ist kein Wunder, dass sie Verstopfungen hat. Im Grunde genommen ist sie dauerdun. Von so einer lasse ich mir das nicht sagen und stoße an, wenn man einen Anlass zum Anstoßen hat! Prost!

Denken Se sich, zum allerersten Mal in meinem Leben würde ich ein eigenes Heim haben. Sicher, ich würde da nicht gleich einziehen, aber Ariane und Stefan haben darauf bestanden, dass eine kleine Wohnung (mit extra Eingang!) beim Notar als mein Eigentum eingetragen wird. Ich bin nun so alt geworden, aber ich habe mein Leben lang zur Miete gewohnt und nie ein eigenes Haus oder eine Wohnung besessen. Und nun so was. Verrückt ist das, sage ich Ihnen!

«Tante Renate, wenn wir schon bauen, planen wir mit einer kleinen Einliegerwohnung für dich. Nein, da wird nicht diskutiert. Du sollst nicht heute und nicht morgen einziehen, aber wer weiß denn, was in fünf Jahren ist? Bis dahin nutzen wir sie eben als Büro oder Gästewohnung. Aber wir bauen nur einmal im Leben, und wenn, dann richtig.»

Stefan hatte diese kleine Rede lange geübt. Das erkennt man immer, wenn einer, der sonst nicht viel sagt, fünf Sätze am Stück spricht und ganz leergeredet guckt, weil ihm mehr als das Auswendiggelernte nicht einfällt und er an den Klang seiner Stimme auch nicht so gewöhnt ist. Der Bengel hatte bestimmt Angst, dass ich ein Gezeter anstimmen würde, aber ich sage Ihnen ganz ehrlich: Mich rührte es. Dass die jungen Leute wirklich bereit wären, mich olle Tante zu sich zu nehmen – wo gibt es denn so was heute noch? Ich schnäuzte mich kräftig. Stefan musste ja nicht gleich sehen, wie bewegt ich war. Aber der war kein grober Klotz, sondern ein gut erzogener Junge. Er nahm mich in den Arm und drückte mich ganz fest. Dann sagte er: «Du bist fit wie ein Turnschuh, Tante Renate. Aber eines Tages wirst du vielleicht nicht mehr so gut allein zurechtkommen. Willst du ins Heim oder zu uns?» Er guckte mir tief in die Augen und fragte weiter:

«Oder zu Kirsten?»

Ein eiskalter Schauer lief mir über den Rücken. Vor meinem inneren Auge sah ich mich zwischen Räucherstäbchen im Pflegebett liegen, das Bettzeug voller Katzenhaare und um mich herum vierzehn Frauen, die beim Häschen-Stuhlkreis nach ihrer Mitte suchten. Kirsten reichte mir pürierten Spinat in der Schnabeltasse an.

Stefan hatte das wirklich sehr geschickt gemacht, der wusste genau, wie er mich kriegt, ha! Nee, man mag noch so tüddelig werden, aber es musste doch nicht zum Äußersten kommen. Zu meiner Tochter ins Sauerland wollte ich nicht!

Für mich kommt es nicht in Frage, ganz zu den Kindern zu ziehen, also richtig mit ins Haus. Küche, Badestube und Fernsehzeitungsabonnemeng teilt man nicht. Da bin ich kein Freund von. Jung und Alt müssen eigene Wege gehen, sonst gibt es nur böses Blut. Jeder hat doch seine Eigenheiten. Wenn ich mir vorstelle, mit Ariane die Küchenzeile teilen zu müssen … um Himmels willen, allein bei dem Gedanken kriege ich Puls in den Ohren. Ich spüle zum Beispiel morgens meine Kaffeetasse nur unter lauwarmem Wasser ab und stelle sie hinter das Küchenradio, weil ich ja nach dem Mittagsschlaf noch mal eine Tasse trinke. Das spart Abwasch! So was geht aber nur, wenn man allein lebt. Eine Tasse stört nicht, aber wenn da nun vier oder fünf stehen, sieht das schnell liederlich aus und wie im Stadtcafé. Ariane würde wohl ständig alles in den Gespülwaschautomaten räumen und schimpfen, dass «die Alte ihren Dreck überall rum-stehen lässt» – ja, da muss man den Tatsachen ins Auge sehen, ich kenne doch die jungen Leute und weiß, wie sie reden! Womöglich käme ich dann auch nicht mehr so einfach mit meinen Tabletten zurecht. Alleine die Auf-regung! Außerdem drücke ich mir die Nachmittagspille für den Zucker schon nach dem Frühstück raus und lege sie in die leere Kaffeetasse. Da vergesse ich sie nicht. So hat eben jeder seine Eigenheiten, und ich sage Ihnen, je älter man wird, desto festgelegter und weniger bereit, sich zu ändern, ist man.

Aber eine Einliegerwohnung im Haus der Kinder, noch dazu mit eigenem Eingang, das wäre eine feine Sache. Welche Dame in meinem Alter hat schon das Glück, dass man ihr die Selbständigkeit lässt und trotzdem ein Auge auf sie hat?

Aber leicht würde es mir bestimmt nicht fallen, aus meiner Wohnung zu gehen. «Einen alten Baum verpflanzt man nicht», heißt das Sprichwort, und das stimmt im Grunde auch. Aber ein Baum, der nicht gegossen und umsorgt wird, geht am Ende noch ein, und vielleicht ist behutsames Umtopfen doch die bessere Lösung?

Ich hätte nun bestimmt Grund genug, wegzuziehen. Nicht unbedingt wegen der Miete. Ich habe ja noch einen alten Vertrag und kann es mir leisten. Aber wissen Se, ich bin gestraft mit zwei losen Weibern, die mit mir im Haus wohnen: die Frau Meiser und die Frau Berber. Das Letzte, was ich will, ist Sie langweilen und Ihnen noch mal aufschreiben, wie die sich im Haushalt anstellen und was für einen Männerverschleiß … JETZT KOMMEN SE MIR JA NICHT DAMIT, DASS ICH AUCH VIER MAL VERWITWET BIN, DAS IST DOCH ETWAS WAS VÖLLIG ANDERES!

Ich will mich hier auch nicht künstlich aufregen. Im Grunde arrangieren die Damen und ich uns miteinander. Mit den Nachbarinnen ist es wie mit meiner Tochter Kirsten: Wir halten es mit dem Motto «Leben und leben lassen». Nur, wenn es mal wieder mit der Kehrwoche schleift oder hier Dinge passieren, die auf die Moral des ganzen Hauses zurückfallen, sage ich was. Aber im Großen und Ganzen geht es.

Frau Berber zum Beispiel hat nun weiß Gott ihre Macken und Fehler, aber immerhin wohnt man mit ihr im Haus sicher. Sie kann nämlich Judo! Ihren letzten Galan hat sie zum Abschied in die Hecke geschmissen. So hat es mir der Herr Alex erzählt, und es klang tüchtig Respekt mit. Seitdem geht er lieber wieder in die Wohnung, wenn er sie im Flur hört. Er will wohl nicht in der Hecke landen, hihi! Sie hat zwar vor Jahren mit dem Sport aufgehört, weil es in ihrer Gewichtsklasse keine Gegnerinnen mehr für sie gab, aber ein paar Fachwürfe beherrscht sie ja wohl noch. Heutzutage fangen sie und die Meiser jeden Januar irgendeine Modesportart an. Nach drei Wochen lassen sie es wieder sein und trinken lieber Protzecko. Aber Judo verlernt man nicht. Seit ich das weiß, schlafe ich beruhigter und fürchte mich auch wegen der Einbrecher nicht. Oder kaum. Sofern ich sie rechtzeitig wach kriege, legt die den Halunken aufs Kreuz. Aber denken Se mal nicht, dass sie mir helfen würde, die Einkäufe hochzutragen, so weit gehen die Kräfte und die nachbarschaftliche Hilfe doch nicht. Pah.

Aber ich will nicht meckern: Ich kenne die Dame mittlerweile ganz gut. Die ist schon eine halbwegs umgängliche Person, jedenfalls, wenn sie satt ist.

Die Meiser und die Berber haben es beide auch nicht leicht, muss man sagen. Alleinerziehend mit je einem

Bengel müssen sie sich durchs Leben schlagen. Auch, wenn der Meikel Meiser schon in der Lehre ist und Auto fahren kann – Sorgen hat man doch! «Kleine Kinder, kleine Sorgen, große Kinder, große Sorgen», wer kennt das Sprichwort nicht? Und meine Tochter Kirsten ist nun wirklich der lebende Beweise, dass das stimmt, aber zu der kommen wir später noch.

Mein Wilhelm, Kirstens Vater, hat mich auch allein mit dem Mädel zurückgelassen, deshalb weiß ich, was das heißt. Gut, er ist gestorben, aber allein ist allein. Gern habe ich dem Mäddocks Meiser deshalb auch geholfen bei den Hausaufgaben und ein Auge auf den Jungen gehabt, so wie heute auch beim Berber-Buben. Der Mäddocks, also der Senker von der Frau Meiser, hat als kleiner Kerl schon immer die alten Folgen von «Columbo» geguckt. Doris Meiser hat den Bengel ja ständig vor dem Fernseher geparkt. Gesellschaftsspiele und solche Sachen haben die nie gemacht. Die wollte ihre Ruhe, weil se sich wieder rausgeputzt hat für die Männerjagd und sich die Wimpern getuscht hat. Dann hieß es «Jason Maddox» – sehen Se, Jason Maddox heißt er, jetzt fällt es mir ein! –, «iss einen Keks und mach dir den Fernseher an, Mutti hat keine Zeit.» Traurig ist das. Ab und an haben Ilse und ich mit ihm gewürfelt und Rommé gespielt, aber auf uns alte Tanten hatte der nicht oft Lust. Ja, was soll man machen … Aber das mit seiner Krimi-Guckerei ging so weit, dass es sogar in der Schule mal Ärger gab. Der Lauser hat in einer Geschichtsarbeit behauptet, dass Columbo Amerika 1492 entdeckt hat.

Das ist ja nun nicht ganz falsch, aber der Lehrer hat es trotzdem nicht gelten lassen. Da ist die Meiser hin, aufgerüscht wie ein Zirkuspony, um ihm den Marsch zu blasen und die Note zu verbessern. Ihren rosa Lippenstift hatte se drauf, mit dem sie aussieht wie ein Flamingo mit Schnabelentzündung. Es hat aber alles nichts genützt, die Note von dem … Mäddocks blieb, wie sie war. Aus der Meiser und dem Kanter ist auch nichts Festes geworden. Jedenfalls standen seine Schuhe nie über Nacht im Flur.

Die macht ja keinen Halt vor nix, wenn es um Kerle geht, das sage ich Ihnen. Anfangs hatte ich sogar Sorge um Herrn Alex aus der WG. Ach, so ein netter Bursche ist das. Der hat Manieren, ist aus gutem Hause und weiß, was er will. Der studiert gleich zwei Sachen auf einmal, Wirtschaft und Rechtsanwalt, denken Se nur! Und trotzdem hat er immer ein freundliches Wort und ein offenes Ohr für meine Sorgen. Als mein Klappcomputer neulich nicht so wollte, habe ich Stefan angerufen. Stefan ist mir bei solchen Dingen im Grunde immer eine große Hilfe, da will ich mich gar nicht beklagen. Er riet, ich solle das Gerät runter- und wieder hochfahren. Also bin ich rein in den Fahrstuhl, den Apparat unterm Arm, und erst bis ins Erdgeschoss und dann hoch bis in den 3. Stock gefahren. Mehrmals. Aber die Kiste muckte noch immer nicht. Herr Alex hat mir den Tipp gegeben, neu zu starten, und da schnurrte der Klappapparat wieder wie Katerle nach einem Scheibchen Fleischwurst. Auf Herrn Alex lasse ich nichts kommen. Der geht mal seinen Weg, da mache ich mir keine Sorgen. Man muss nur solche Weiber wie die Meiser und die Berber von ihm fernhalten.

Mit denen macht man schon was mit! Ich weiß gar nicht, ob ich das erzählen kann …

Achtung!

Passen Se bitte auf, dass der nächste Absatz nicht in Kinderhände gerät. Man hat schließlich eine Verantwortung! Gucken Se sich noch mal um, liest auch keiner mit?

Gut.

Wissen Se, was die Berber letzten Sonnabend im Flur zu der Meiser gesagt hat? «Ich gehe jetzt feiern. Heute Abend blase ich alles, nur kein Trübsal.» Nee! Ich musste zehn Tropfen Melissengeist auf einem Stück Würfelzucker einnehmen, so sehr ging mir das nach. Es war des Nachts dann auch wieder sehr laut. Aber was rede ich, sollen die jungen Schachteln doch ruhig ihren Spaß haben.

Sie sehen schon: Auch, wenn ich bestimmt Grund genug habe, mich aufzuregen, so sind wir doch eine Hausgemeinschaft und kommen miteinander aus. Und aufregend ist es auch mit ihnen, es passiert immer was! Sie würden mir schon ein bisschen fehlen, würde ich ganz wegziehen …

Kurzum, es war entschieden: Die junge Familie würde ihrem Glück ein Dach zimmern, und unter diesem Dach würde auch eine kleine Wohnung für mich entstehen. Wir waren uns einig, dass sie nur für den Fall der Fälle gebaut wurde. Wissen Se, *noch* wollte ich den Kindern nicht so dicht auf die Pelle rücken.

Schluss mit Grübeln, Zeit zu dübeln!

—————————— Was sollen die vielen Fenster?
Ich putz die nicht! ——————————

Ich suche den Fehler ja immer erst bei mir, das gebietet der Anstand und die Bescheidenheit. Aber wissen Se, manchmal liegt es einfach daran, dass die anderen blöd sind.

Die Zeit war günstig. Das Jahr hatte gerade begonnen, und jetzt, wo der Plan stand, könnten wir im Frühjahr loslegen. Bis Ende des Jahres wäre das Gröbste erledigt.

Ich war ja froh, dass es kein Schaltjahr war. Im Schaltjahr ist alles durcheinander. Da hätte ich nicht angefangen zu bauen. Ich muss da gar nicht auf den Kalender gucken, man erkennt da schon daran, dass die eingeweckten Mohrrüben alle sauer sind. Normalerweise dreht sich ja die Erde um sich selbst und dabei um die Sonne. Nach einem Jahr ist sie damit fertig. Im Schaltjahr ist sie so durcheinander, dass sie dafür einen Tag länger braucht, und das bringt Haarausfall bei der Meiser und Schimmel auf mein eingewecktes Apfelmus. Dann gibt es im Februar einen Tag drauf, sodass dieser Stummelmonat nun einen 29. hat. Wie eine Zusatzzahl beim Telelotto, kann man sagen.

Wie dem auch sei ... bevor wir Hand an Schippe und Mauerkelle legen konnten, müssen erst mal Pläne gemalt und Formulare ausgefüllt werden. Nicht, dass am Ende der Fliesenleger vor der Baugrube steht und die Wände sind noch nicht mal gemauert.

Aber natürlich kann man nicht einfach anfangen, ein Loch zu graben. Da müssen Genehmigungen beantragt und tausend Leute und Behörden um ihre Meinung gebeten werden, das ist ja klar. Die wollen sich schließlich wichtig fühlen. Wir wollten ja alle nicht, dass es so läuft wie beim Flughafen in Berlin, nicht wahr?

Stefan und Ariane hatten sich überlegt, was für ein Büdschee sie haben, wie viele Zimmer es werden sollten, dass sie einen Kamin in der Wohnstube wollten (an den Ruß und die Asche denken die jungen Leute ja nicht, die haben nur die Romantik im Kopp – aber gut, ich sage dazu nichts) und all so was, was man vorher angeben muss. Dann sind wir zum Architekten Sachs marschiert. Ein nobles Schild hing neben der Tür: «Sachs und Kollegen, Architekten». Es war aus Messing. Wir läuteten, und bis der Summer brummte, wischte ich das Schild mit dem weichen Lappen, den ich immer einstecken habe, blank. So ein schönes Schild und Fingertapsen drauf, nee, so was kann ich nicht sehen!

Das Büro war groß und fast leer, es lag schickes, knarzendes Parket auf dem Boden und die großen, blankgeputzten Scheiben ließen viel Licht durch. Der Sachs trug einen grau melierten Dreitagebart und einen schwarzen Rollkragenpullover. Das ist wohl die Berufsbekleidung

56

bei solchen Leuten, so ähnlich wie der weiße Kittel bei einem Arzt. So rennen die alle rum. Ein fescher Mann!

Mit einem Anliegen wie einem Hausbau geht man ja am besten zum Fachmann, der das öfter macht. Es hat ja keinen Sinn, wenn man da was auf die Serviette kritzelt und dem erklärt, wie er seine Arbeit zu machen hat. Also, mich jedenfalls hat er sehr schroff zurechtgewiesen, und ich habe das eingesehen und die Servietten wieder eingesteckt. Dabei hatten Ilse und ich uns so viel Mühe gegeben, aber tja. Der würde das schon vernünftig machen, und falls man doch eine bessere Lösung hätte – es würde später noch genug Zeit sein, mit dem Kuli über die Zeichnung zu gehen, bevor die Maurer kamen. Wichtig war ja vor allem, dass er die Sache mit dem Bauamt regelte und die Genehmigungen besorgte, damit die Dinge endlich in Gang kamen.

Ich konnte regelrecht sehen, wie Sie beim Wort «Bauamt» kurz den Atem angehalten haben. Nun wollen wir mal nicht ungerecht sein und Vorurteile haben: Die sind da gar nicht so schlimm, wie man immer denkt.

Die sind noch viel schlimmer!

Meine Güte, waren das Zeiten, als Vater einfach angebaut hat, wenn ein Stübchen fehlte. Als Fritz, was mein kleiner Bruder ist, geboren wurde, hat Vater den Dachboden ausgebaut, eine Gaube eingezogen, und fertig war die Kinderstube. Da kam ein Öfchen rein für die ganz harten Wintertage, wenn das Quecksilber wirklich mal unter 20 Grad Miese ging, und nach vier Wochen war alles fertig. Gespielt haben wir als Kinder ja in der Küche, nur da war alltags nämlich geheizt. Zum Schlafen ging es jedoch in die Kinderstube und auch, wenn wir ungehorsam waren und eigentlich in der Ecke hätten stehen sollen. Die Ecke war aber gleich neben der Küchentür, und immer, wenn einer reinkam, bekam man die Klinke in den Nacken. Das Geschrei mochte Mutter nicht hören und schickte Fritz oder mich – je nachdem, wer was ausgefressen hatte – hoch in die Kinderstube. Nee, damals gab es kein langes Rumgemache mit dem Bauamt. Als alles fertig war, ist Mutter mit einem frisch geschlachteten Huhn aufs Bürgermeisteramt und hat sich einen Stempel geben lassen, na, und die von der Feuerwehr, die kannte Opa Strelemann gut genug! Wir waren die erste Familie im Dorf, die eine Dreschmaschine hatte. Wir waren wer! Sogar die Feuerwehrspritze stand bei uns in der Scheune, und für diese Gefälligkeit und eine Flasche vom Selbstgebrannten war auch der Stempel vom Brandmeister kein Problem mehr. So was wie ein «Brandschutzgutachten» kannte man da noch gar nicht, und wir kamen auch sehr gut ohne aus. Damals war es denen auch egal, dass vielleicht seltene Holzwürmer im Balken wohnten, die man hätte umsiedeln müssen, weil das Schnarchen von Klein Fritzchen und Renate sie in ihrem Lebensraum eingeschränkt hat.

Obwohl der Bauantrag vom Architekten gestellt worden war – und der Mann kennt seine Bürokraten, der hat ja ständig mit denen zu tun! –, zog sich das. Sehr.

In die. Länge. Reineweg ungeduldig wurde ich. Wissen Se, nichts zu tun und einfach abzuwarten ist meine Sache nicht. Nach acht Wochen kam die Bestätigung, dass das Pamphlet wohl eingegangen wäre, aber dass die Bearbeitung erst beginnen könnte, wenn die Unterlagen vollständig wären. Mir hat Stefan das erst gar nicht erzählt. Das drang alles nur auf Nachfrage und per stiller Post zu mir. Sonst wäre ich denen aber gleich aufs Dach gestiegen! *Das* musste schließlich noch vorm Winter drauf. Also, nicht das, aber das auf unseren Bau. Sie verstehen schon.

Es war nämlich so: Das Bauamt schrieb dem Architekten, der rief Stefan an, der erzählte es Ariane, und als ich die kleine Lisbeth für das Kinderturnen abholte und merkte, dass Ariane nicht nur schwangerschaftsbedingt verstimmt war, rückte sie mit der Sprache raus.

Denken Se sich nur, der Sachs musste viermal anläuten, bis ein Beamter zu sprechen war, und bekam dann nur zur Antwort, dass die Unterlagen im Grunde komplett waren. Aber die Vollmacht, die Stefan und Ariane dem Architekten gegeben hatten, damit der für sie unterzeichnen darf, war mit schwarzem Füller unterschrieben worden. Sie hätten aber nun einen Paragraphen, der ihnen vorschreibt, nur original unterschriebene Anträge als richtige Anträge zu betrachten. Das gälte auch für alle beigefügten Dokumente, zumal für etwas so Wichtiges wie die Vollmacht. Und bei Schwarz könnte man nicht sicher sein, dass das richtig ist. Vielleicht war es auch nur eine Kopie? Bauherr bewahre! Deshalb möge ebenjener die Vollmacht doch bitte schön noch mal in Blau unterschreiben und den Antrag neu machen.

Auf so was muss man erst mal kommen! Mit so viel Bockbeinigkeit im Hirn rechnet doch kein gesunder Mensch! Na, da bin ich aber hin, das können Se sich ja denken. Erst habe ich erwogen, einen höflichen, aber geharnischten Brief zu schreiben, aber den hätten die doch bloß weggeheftet. Da musste ich persönlich vorsprechen.

Ariane rief mir noch nach, ich solle keinen Ärger machen. Jajajajajaja. Das jungsche Ding! Wann habe ich jemals Ärger ... lassen wir das. Der Beamte konnte Blau kriegen, wenn er wollte, zur Not auch aufs Auge. Der sollte mich kennenlernen, dem würde ich schon zeigen, was ein Original ist! Ich weiß, wie Tango geht.

Eine Renate Bergmann führt keiner hinter die Fichte!

Also rief ich Gertrud an, und wir sind hin.

Gertrud ist meine beste Freundin. Sie wohnt nicht weit weg, paar Stationen mit dem Bus, und hat einen grooooooßen Hund namens Norbert und einen Lebensgefährten namens Gunter. Bringen Se das bitte nicht durcheinander. Norbert lebt bei ihr in der Wohnung, Gunter nicht. Sie ist ein bisschen lose und unstet, aber unterm Strich doch meine beste Freundin. Auf Gertrud kann ich immer bauen. Bauen ... sehen Se, das ist das Stichwort. Man kommt in so ein Bauamt ja nicht so ohne weiteres rein, überall sind verschlossene Türen, die mit Strom gesichert sind. Wie eine Kuhweide oder gar ein Gefängnis.

Nur, dass die Damen und Herren Baubeamten sich da vor uns verstecken und nicht wir sie wegschließen, damit wir vor ihnen sicher sind. Man muss klingeln, sagen, was man will, und dann wimmeln se einen ab. Aber eine Renate Bergmann weiß doch, wie das läuft. Ich kenne die Schwachstellen im System! Also läutete ich und sagte in die Wechselsprechmuschel, ich wäre der Paketdienst mit einer Sendung für Frau Sylvia Paukert. Gertrud hielt Norbert die Schnauze zu, wissen Se, der kläfft gern im unpassendsten Moment dazwischen. Die Paukert'sche Schwiegermutter, die Else, ist in unserer Wasserdisco-Gruppe, daher weiß ich, dass die Sylvia alles ins Büro liefern lässt. Das ist wie mit der Berber.

An der Stelle würde ich Ihnen eigentlich gern noch eine kleine Geschichte aufschreiben von der Frau Berber, meiner Nachbarin, und ihren Päckchen. Aber ich höre schon das Fräulein vom Verlag, das hier immer Lektorat liest und aufpasst, dass Sie auch verstehen, was ich schreibe: «Nee, Frau Bergmann, Sie müssen beim Thema bleiben. Nicht so viel abschweifen!» Da isse unglaublich streng mit mir. Wenn es nach der Dame ginge, wären wir hier nach fünf Minuten durch mit dem Buch: Franz tot, Ariane schwanger, Wände gemauert, Dach drauf – fertig. Da muss ich wirklich um jedes Wort kämpfen, das ich Ihnen außer der Reihe notieren darf … das sind jetzt schon wieder sieben Zeilen, da kriegt se bestimmt Pusteln am Hals. Mal gucken, wie viele sie am Ende drucken! Mhhh. Aber ich füge mich, ~~mitunter~~ meist hat sie ja recht.

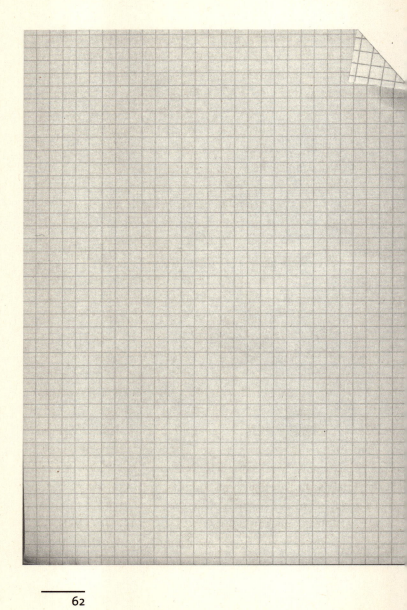

Sehen Se, wie ich nichts schreibe?

Es tut ja im Grunde nichts zur Sache. Denn wie Gertrud das Miederhöschen von Frau Berber anprobiert hat, gehört vielleicht wirklich nicht hierher. Aber merken Se sich das, ich komme darauf noch zurück, wenn es besser passt. Das vergesse ich nicht!

Ich habe also geklingelt und gesagt, dass ich eine Lieferung bringe.

Zack, summte es und wir waren drin.

Solche Bauamtsleute kennen sich mit Vorschriften und Paragraphen aus, aber sie sind nicht verpflichtet, sie zugunsten der Antragsteller auszulegen. Wenn die bremsen können, dann bremsen die auch. Die wissen genau, dass in der Arbeitsstättenverordnung steht, dass auf der Toilette mindestens 21 Grad sein müssen. Wenn die Paukert mal keine Lust hat – und sie hat selten Lust! –, misst die auf dem Lokus nach, und wenn es nicht warm genug ist, geht sie nach Hause. Das hat mir alles ihre Schwiegermutter erzählt. (Ich hoffte inständig, dass die das nicht unseren Bauarbeitern steckte. Ein Thermometer auf unserer Bautoilette hätte mir noch gefehlt!) Na ja. In so einem Falle kann der Amtschef jedenfalls gar nichts machen. Dazu hat der im Übrigen auch gar keine Lust. Der ist da nämlich hingelobt worden, weil die im Grünflächenamt jetzt einen mit Bio haben. Entlassen konnten se ihn nicht, weil er dafür schon zu viele Jahre abgesessen hat, also wurde er Amtsleiter im Bauamt. Davon hat er überhaupt keine Ahnung. Else Paukert, die eben in unserer Wassergymnastiktruppe mit an den Nudeln steppt, erzählt, dass er immer schon um elf in die Kantine geht, damit er keinem Mitarbeiter begegnen oder gar Fragen beantworten muss. Wenn die Kollegen kommen, murmelt der ihnen ein «Mahlzeit» entgegen und geht schnell ins Archiv. Da hat er sich eine Liege hinstellen lassen und hält seinen Verdauungsschlaf bis zwei. Alle wissen das, und deshalb lassen die sich oben auch Zeit mit der Mittagspause, da guckt keiner so genau auf die Uhr. Auf dem Telefon läuft der Anrufbesprecher und sagt, dass leider, leider gerade alle Kollegen im Gespräch sind und man doch besser ein andermal durchrufen soll oder die drei drücken. Die Tür ist verriegelt, und außer Lieferboten mit neuen Schuhen oder Päckchen vom Amazonen lassen die keinen rein. Na ja, und wenn die, die überhaupt da sind, gegen zwei wieder an die Arbeit gehen, stempeln die noch die Eingangspost, gießen den Gummibaum, und dann ist auch schon Feierabend. Freitags ist sowieso nur bis zwölf, das weiß ich zufällig. Wir hatten mal in der Nähe geparkt, weil Ilse einen neuen Dichtgummi für den Schnellkochtopf brauchte und das Haushaltsgeschäft um die Ecke war, und da kamen Gongschlag zwölf ganze Horden von Leuten mit Sportsachen an und Yogamatte unterm Arm aus dem Bauamt. Ich hab mich richtig erschrocken, weil ich dachte, Kirsten wäre in der Stadt, aber ich glaube, die turnten alle selbst und nicht mit ihren Haustieren.

Paukerts junior haben einen Bengel, der auch Jeremy heißt – wie der Kleine von der Berber. Vor acht Jahren war es offenbar bei Strafe untersagt, seine Kinder anders zu taufen. Die Paukert senior hat auch erzählt, dass nur acht von vierzehn Stellen im Amt überhaupt besetzt und die deshalb von vornherein so überlastet sind, dass ganz automatisch zwei oder drei immer reihum für ein halbes Jahr ausfallen. Wegen Börnaut. Die Stellen wären auf dem Papier da, der Senat hätte das genehmigt, und es gab auch Bewerbungen und Einstellungsgespräche. Allerdings machte der Personalrat Zicken und protestierte gegen die Einstellung der Neuen, weil die nämlich genauso viel verdienen sollten wie die, die da schon jahrelang Dienst taten. Das finden sie ungerecht, na ja, und nun wird geklagt. Man darf da gar nicht drüber nachdenken. Kennen Se «Das Haus, das Verrückte macht»? So scheint es da zuzugehen. Mein «Guten Tag, Lieferdienst, ich habe ein Päckchen für Sylvia Paukert» war sozusagen der Passierschein A38.

Was meinen Se, was es für ein Geschrei gab, als die mitkriegten, dass wir da sozusagen eingedrungen waren. Die rannten aufgeregt von einem Büro zum anderen und erzählten es sich gegenseitig. Wo doch heute kein Publikumsverkehr war! Sie müssen sich das vorstellen wie einen Ameisenhaufen, in den Se ein kleines Stöckchen legen. Ich – also, das Stöckchen auf dem Ameisenhaufen – blieb einfach auf dem Flur stehen und fragte jeden, der vorbeiwuselte, nach Sylvia Paukert. Gertrud streifte mit Norbert durch die Flure und murmelte: «Sicherheitsdienst, Potter, wissen Sie, wo Frau Paukert steckt?» Eine Kanone isse, die Gertrud! Was meinen Se, als was die sich schon alles ausgegeben hat mit ihrer Stempelkarte vom Bäcker, die sie als Dienstausweis vorzeigt! Der Hauptmann von Köpenick ist ein Unschuldslamm gegen Gertrud von Spandau, sage ich Ihnen. Ein Beamter zeigte auf eine Dame, die gerade ein paar Kollegen anvertraute, dass sie leider seit einer Woche gar nichts machen kann. Ich hörte aus dem aufgeregten Geplapper raus, dass sie kein Druckerpapier hatten. Wegen der Ersparnis musste das von einem anderen Bauamt angefordert werden, welches zentral einkauft. Nun war es aber so, dass bei der Zentrale der E-Mail kaputt war und die Paukert das hätte faxen sollen. Die hatte jedoch kein Papier mehr, und da biss sich die Katze in den Schwanz.

Letzten Dienstag hatte der Amtsleiter nach seinem Mittagsbubu dann wohl die Idee gehabt, dass man für ein Fax auch die Rückseite des Speiseplans nehmen kann. Da staunen Se, was? Der Mann ist eine Kapazität und sitzt zu Recht auf seinem Stuhl! Aber als die Bestellung durch war, hatte die Firma, die das Papier nach Spandau hätte rausliefern sollen, kein Auto verfügbar. Kurzum, das ganze Bauamt war seit einer Woche ohne Druckerpapier. Die Paukert sah gar nicht ein, dass sie was von zu Hause mitbringt, und da auf der Toilette jemand das Fenster angekippt gelassen hatte und es zwei Grad zu frisch war, wollte sie gerade Feierabend machen.

Mir wurde ganz schwindelig von den Zuständen da. Ich bin nun bestimmt nicht auf den Mund gefallen, lasse mir kein X für ein U vormachen, und meist fällt mir auch eine passende Antwort ein. Aber das hier ... herrje, ich wollte so schnell wie möglich wieder nach Hause! Wie die Leute, die da arbeiten, das bloß aushalten? Die merken wohl gar nicht mehr, dass sie sich gegenseitig und auch anderen das Leben schwermachen. Ich hatte nach zehn Minuten schon genug. Fürch-ter-lich.

«Man muss die Schwachstelle im System ausnutzen», erinnerte ich mich an Egon Olsen und packte die Paukert am Unterarm. Die kramte gerade ihre Tasche zusammen. Ich lächelte sie, so entschieden ich konnte, an und drückte ihr den mit blauer Tinte unterzeichneten Schrieb von Ariane und Stefan in die Hand. «Sylvia, mein Mädchen, das legst du jetzt auf die Akte. Und bitte noch bevor du Feierabend machst. Sonst mach ich auf der Toilette das Fenster zu, Fräulein! Und dann hast du den Salat … also, die erforderlichen 21 Grad!» Sie guckte mich ganz verdutzt an. Die dachte bestimmt, dass ich blöffen würde! Aber nach einer Weile holte sie doch den Locher und einen flachmanngroßen Eingangsstempel und fertigte mein Papier ab.

Es ging alles seinen Gang. Gertrud und ich waren froh, dass wir da raus waren. Sylvia Paukert machte kältefrei, und nur eine Woche später kam der Anruf vom Rollkragen-Sachs, dass der Bauantrag genehmigt worden war und es nun losgehen könnte. Als wir Wasserdisco hatten, erzählte Else Paukert, dass das Bauamt neue Bestimmungen hat.

Die dürfen nun keine privaten Pakete mehr ins Amt liefern lassen.

Auch, wenn noch nicht mal der Grundstein gelegt ist: Ilse hat das Einweihungsgeschenk für Ariane und Stefan schon fertig. Die Ohrensesselschoner sind wirklich wunderhübsch!

Mit dem Bauamt war erst mal alles so weit in Ordnung, es konnte also losgehen. Stefan und der Architekt kümmerten sich um die Baufirmen, damit die ein Angebot aufschrieben. Man muss ja die Preise vergleichen! Es ist mit diesen Dingen nicht anders, als wenn am Sonntag die Lebensmittelwerbung ins Haus flattert. Da wägt man doch auch ab: Das Päckchen Kaffee ist beim Edeka 70 Zent preiswerter, dafür kostet das Waschpulver beim REWE einen Euro weniger, aber erst am Donnerstag. Dann muss geplant und überlegt werden: Wenn wir sowieso wegen der Rouladen zum Fleischer nach Lankwitz rausfahren, liegt das Zenter da auf dem Weg? Hat Kurt da Chorprobe, oder kann er fahren? Und lohnt sich das, wegen Gebissreiniger zur Drogerie zu fahren, oder nimmt man den bei Edeka zum Kaffee dazu, damit es nicht so dumm aussieht und die Kassiererin meint, man kauft nur die Schnäppchen weg? Da sind tausend Dinge zu bedenken! Ich telefoniere oft den halben Sonntagvormittag mit Ilse und Gertrud und habe schon so manches Mal den Gottesdienst versäumt, weil wir den nächsten Einkauf planen mussten. Aber ich bin da ganz ehrlich – mir sind die Angebote von LIDL wichtiger als die Gebote des Herrn. Bei LIDL ist nämlich auch mal Abwechslung und nicht seit 2000 Jahren dasselbe. Oder haben Sie in der Kirche schon mal italienische Woche erlebt? Diese ewigen Oblaten mit Messwein, herrje! Ein bisschen Parmesan auf dem Leib Christi würde doch mal Abwechslung bringen. Aber ich schlage denen das lieber nicht vor. Der Herr Pfarrer hat mich sowieso genauestens im Blick, seit ich …

Aber wo war ich? Ach ja. Die machten nun einen Plan für den Bau, wann was dran ist und wer es richtet. Von der Baugrube über die Maurer, die Fensterfritzen, Zimmerleute, Dachdecker, Trockenbauer und Ofensetzer. Das ganze Programm. Wissen Se, es geht da ja um ganz andere Summen als bei einem Päckchen Krönung! Da muss man genau hinschauen. Allerdings ist Geld allein nicht alles, die Qualität muss auch stimmen. Gertrud, die ihr Mittagbrot immer bei «Seniorenteller auf Rädern» bestellt, sagt: «So billich kannste allein ja gar nicht kochen.» Das mag sein, aber so schmeckt es dann eben auch. Genauso ist es bei Handwerkern: Billig allein ist kein Argument! Die müssen auch zuverlässig, pünktlich und auf Zack sein. Die bekamen alle einen Terminplan, den es einzuhalten galt. Weihnachten wollten wir schließlich schon im Rohbau sein. Stefan hatte Schatten unter den Augen und sah bald wie die Merkel'sche bei der Regierungsbildung aus. Der hatte auf der Arbeit zu tun, dazu die Planungen und Überlegungen mit dem

Bau, na, und die Lisbeth brauchte ihn auch. Ariane mit ihrer Übelkeit fiel komplett aus.

Das arme Mädel. Die lag feste und durfte von ihrer Frauendoktorschen her nicht aufstehen. Es war sogar mehr als nur ein bisschen Übelkeit, «strenge Bettruhe» hatte sie verordnet bekommen. Manche Tage ging es, da konnte sie sich im Bett aufsetzen, aber meist drehte ihr Magen einen Salto, sobald sie den Kopf aus dem Kissen hob. Da hatte ihr die Natur übel mitgespielt. Mir tat sie sehr, sehr leid. Aber das ist gar nicht so selten, gucken Se, Prinzessin Kät hatte bei der kleinen Charlotte auch so zu kämpfen. Bei den Enkeln von Frau Bach geht das immer ohne Probleme, obwohl sie alle ihre Cousinen ehelichen. Die kriegen zwar nur mickrige, blasse Babys, die später dann im Schulstoff zurück sind, aber die Schwangerschaften verlaufen komplikationslos. Meist merken die Bachfrauen erst im fünften oder sechsten Monat, dass sie überhaupt schwanger sind.

Nicht so bei unserer armen Ariane.

Tagein, tagaus lag sie fest auf ihrer Couch. Das wenigstens hatte sie sich ausbedungen, obwohl die Frau Frauenärztin ausdrücklich von «Bettruhe» gesprochen hatte und nicht von «Couchruhe». Diese jungen Leute, wenn die wüssten, dass sie sich von der Rumlungerei auf dem Schäselong den Rücken kaputt machen! Diese Trumme sind doch nicht richtig gefedert und meist von minderwertiger Qualität. Aber die Ariane hat sich strikt geweigert, ins Bett zu gehen. «Da habe ich nur den kleinen Fernseher», war ihre Begründung. Man muss sich wirklich wundern, wie die überhaupt schwanger geworden ist, sage ich Ihnen. Fernsehen vom Bett aus! Da hatten wir früher Besseres zu tun, das können Se mir glauben. Na ja. Jedenfalls wollte Ariane ihren Netzfix und guckte den ganzen Tag über Interweb Serien. Aber nicht «Schwarzwaldklinik» oder «Forsthaus Falkensee», sondern nur so Amikram, wo es gruselig ist und Nackte durchs Bild laufen. Sie kam – wegen der strengen Bettruhe – nur zum Pullern hoch. Ich bot an, eine Bettpfanne aus dem Sanitätshaus … aber das wollte sie nicht.

Raus musste se jedenfalls reichlich, also … na ja, eigentlich spricht man ja über Frauenleiden und «untenrum» nicht, aber … nachdem die Übelkeit einfach nicht aufhörte, bekam sie zu allem Überfluss auch noch Wassereinlagerungen in den Knöcheln und war ganz aufgedunsen. Ich habe bei Frau Berber zwei Paar Schockinghosen ausgeborgt, die passten gut. Lassen Se die Berberin sein, wie sie will, aber in so einem Fall ist sie hilfsbereit. Sie braucht die Dinger auch kaum, die macht sowieso nur beim Sport mit, wenn der Kursus hinterher zum Schnitzelessen geht, und für Ariane lohnte es sich nicht, solche Lotterbuxen zu kaufen. In ein paar Monaten würde das Kind kommen, dann wäre sie wieder rank und schlank und die Berbersche würde die Büxen frisch gewaschen und gestärkt zurückkriegen, mit einem Kasten Konfekt fürs Borgen obendrauf.

Ich half, so gut ich konnte. Wissen Se, man darf sich nicht aufdrängen, wohl aber im Hintergrund bereitstehen und eine helfende Hand anbieten, wenn die jungen Leute sie brauchen und annehmen wollen. Ariane ging es so miserabel, dass sie mir sogar hin und wieder erlaubte, Lisbeth vom Kindergarten abzuholen und nachmittags mit ihr zu basteln. Und das heißt schon was, sonst ist sie nämlich sehr eigen und lässt sich nicht so unter die Arme greifen. Im Haushalt machte ich ihr nur, um was sie mich bat. Ich verzichtete sogar darauf, die Küchenschubladen auszuwischen, obwohl die es nötig gehabt hätten, sondern spülte wirklich nur die Teller ab. Ariane hätte sich nur aufgeregt, hätte ich die Laden ausgescheuert und frisches Schrankpapier ausgelegt. Ich kenne sie doch, man kann ihr nichts recht machen! Als sie im Urlaub waren und ich den mir anvertrauten Schlüssel («Nur für den Notfall, Tante Renate! Bitte, fass nichts an. Der Schlüssel ist nur für den Notfall!») benutzt und ihr neue Bettwäsche mit hübscher gehäkelter Biese aufgezogen habe, gab es auch ein Theater. Sie sagte, ich hätte «ihr Vertrauen missbraucht», «rumgeschnüffelt» und «alles mit kitschigem Plunder vollgetüddelt».

Unverschämtheit. Sie hätten ihre Bettwäsche mal sehen sollen. Die war ganz rutschig und schwarz. Sie würden mir zustimmen, dass das ein Notfall und handeln geboten war!

Wenn ich Werbefernsehen im Zweiten anschaue, staune ich immer, wo man überall Pilze kriegen kann. Das ist sehr unappetitlich.

Noch bevor die ersten Gewerke – so sagt man zu den Handwerkern; «Gewerke», das habe ich alles gelernt! – anrückten, haben wir natürlich eine Toilette organisiert. Wissen Se, ehe sich die Bauarbeiter noch bei den Nachbars an die Hecke stellten, sorgten wir lieber vor und organisierten so ein blaues Häuschen aus Plaste, wo unten … Sie verstehen schon. Kurt hatte den Anhänger ganz umsonst an den Koyota gekuppelt, die liefern die Büdchen nämlich frei Baustelle. Wobei «frei» nicht das richtige Wort ist, was meinen Se, was die für ein Heidengeld dafür nehmen. Ich habe denen aber klargemacht, dass ich für so viel Geld auch ein sauberes Häuschen verlange, und auch, dass eine Brille drin ist. Wie oft hat man an der Autobahn welche ohne Deckel stehen! Ich bin ganz ehrlich zu Ihnen: Ich will dieses Thema auch nicht vertiefen. Es ist keine appetitliche Angelegenheit, aber es musste ja geregelt werden. Die kamen einmal die Woche und machten alles reine, und immer, wenn ich in den folgenden Monaten auf dem Bau zu tun hatte, schaute ich nach dem Rechten und wischte mal drüber. Ilse hängte zwei Duftbäumchen auf, die sie auch für den Koyota immer kauft, und wir sorgten auch stets für gute Seife und frische Handtücher. Die Toilettenkontrolle war, wann auch immer wir rausfuhren, der erste Gang von Ilse oder mir, und sogar Gertrud hatte ein Blick auf das Häuschen, wenn sie mal auf die Baustelle kam. Die Bauleute waren stets zufrieden. Einer, ich glaube, es war der Baggerfahrer, fragte sogar nach, welchen Weichspüler ich an die Handtücher tue, weil die besser dufteten als die seiner Frau. Denken Se sich das mal!

Auf dem Grundstück hatten die Bagger derweil eine große Grube für das Fundament und den Keller ausgehoben. Auch, wenn der Kranführer mehr an meinen Handtüchern schnupperte, als dass er auf seinem Bagger saß, ging es wie am Schnürchen voran. So ein großes Gerät schafft ja tüchtig was weg. Ach, war das alles aufregend!

Ilse, Kurt und ich waren mit dem Koyota rausgefahren und guckten zu, wie die Handwerker die Bodenplatte aus Beton gossen. Es ist immer besser, ein Auge auf die Dinge zu haben!

Selbstredend haben wir nicht unvorbereitet losgemacht: In den Monaten der Bauarbeiten waren die Gummistiefel *immer* im Koyota. Es ist nicht leicht, die Dinger anzuziehen, sage ich Ihnen. Ilse hat es schlimm am Knie, ich habe eine operierte Hüfte, und Kurt nimmt bei Ostwind auch den Krückstock, da kann man sich gegenseitig nicht groß helfen. Und im Koyota ist es eng.

Ilse hat einmal versucht, im Wagen in die Stiefel zu steigen; es endete mit großer Aufregung. Der Sitz schnellte nach hinten und wurde zum Liegesessel, das Knie musste sie eine Woche lang doppelt einreiben, und an den Stiefelabdruck am Schiebedach musste sie auch mit Schmierseife ran.

Sie glauben ja nicht, was für eine große Überraschung es für mich war, als mir gewahr wurde, wer im Haus gegenüber der Baustelle wohnte: Wilma Kuckert, die Rechtsverdreherwitwe. Sie ist bei uns im Seniorenverein. Eine fürchterliche Zicke. Nee, Wilma gehe ich lieber aus dem Weg. Sie hat chronischen Reizmagen und meist schlechte Laune. Ich persönlich hatte zwar noch keinen Zwist mit ihr, aber mir ist genug zu Ohren gekommen, dass ich sie auf höflicher Distanz halte.

Mein Ilschen hingegen hat mit Wilma ihre Erfahrungen gemacht: Kurt wollte sie an die Wäsche, die olle Kuckert, denken Se sich nur!

So was macht man doch nicht. Erst hatte sie auf der Rentnerwanderung damals angeblich den Fuß verstaucht und musste sich bei Kurt unterhaken – bei einem Mann von 87 Jahren, der am Stock geht, ich bitte Sie! Würden Sie das glauben? Na, bei Kurt am Arm konnte sie auf einmal wieder ganz zügig laufen und kicherte dabei wie ein Backfischfräulein, das sich vom Kavalier zum Tanz führen ließ. Ilse biss sich die Lippen so schmal vor Wut, dass die ganz blau wurden, und ich erwischte sie dabei, wie sie am Wegrand Eibe, Tollkirsche und Eisenhut

75

sammelte. Nur mit Mühen konnte ich ihr das giftige Zeug aus der Hand reißen. Damals vermochte ich Ilse noch zu besänftigen, aber als sich Wilma von Kurt im Koyota nach Hause hat fahren lassen im Anschluss an den Dia-Abend im «Haus Seerose», da war ihr Ilse richtig gram. So was macht man doch auch wirklich nicht, allein mit einem verheirateten Mann im Auto. Noch dazu im Dustern! Die Dame hat keinerlei Anstand und Ilse weinte zwei Tage lang. Sie sprach, mit einem, der mit einem losen Weibsbild allein im Wagen durch die Nacht fährt, teilt sie das Bett nicht mehr. Kurt musste auf dem Schäselong in der Wohnstube schlafen, er bekam Hexenschuss von der Holzwollecouch, und erst, als die Kinder sich einschalteten und Ilse ins Gewissen redeten, ließ sie ihn wieder ins Elternschlafzimmer.

Selbstverständlich weiß eine Renate Bergmann, wo in solch einer Angelegenheit ihr Platz ist, nämlich fest und verlässlich an der Seite ihrer Freundin Ilse. Deshalb grüße ich Wilma knapp und reserviert, wenn wir uns begegnen, aber meide ansonsten ihre Gesellschaft. Schon, um Ilse nicht wieder zur Wut oder das Feuer der Leidenschaft bei Wilma zum Lodern zu bringen.

Jedenfalls ... war ich mit den Gläsers auf der Baustelle, auf der es nun schon langsam losging, um mal alles anzugucken. Ein Baustellenschild war aufgestellt, das Pixie-Klo blitzte, das Loch für den Keller hatten sie ausgehoben, und die Bodenplatte sah manierlich aus. Wir schritten alles genau ab. Alles sah irgendwie kleiner aus als zwölf mal fuffzehn Meter. Man weiß bei Handwerkern doch nie, ob die nicht irgendwo ein Bier gekriegt und sich am Ende vermessen haben? Kurt machte große Schritte, auch, wenn er nun vielleicht keinen ganzen Meter mehr schafft mit seinen 87 Lenzen, und Ilse zählte laut. Durch den Regen in den letzten Tagen war der ganze Grund aufgeweicht, und unsere Gummistiefel schmatzten bei jedem Schritt im Schlamm. Ilse hakte ihn unter, und sie ließen die Stiefel im Duett schlonzen. Es kam ungefähr hin mit den Metern, man verschätzt sich mit bloßem Auge ja doch. Aber lieber einmal zu oft kontrolliert, als dass am Ende die Anbauwand nicht in die Wohnstube passt! Das will dann wieder keiner gewesen sein. Wir liefen also prüfend durch den Matsch, und als ich rüber auf das Nachbargrundstück guckte, traute ich meinen Augen kaum: Wilma lugte durch die Ligusterhecke! Sie spionierte zu uns rüber und ließ die Zweige zusammenschnellen, als sie mitkriegte, dass ich sie bemerkt hatte. Es hab aber keinen Zweifel, dass sie es war.

Es bringt ja nichts, lange um die Realitäten herumzureden, deshalb sagte ich es gleich freiheraus: «Ilse, du musst jetzt ganz stark sein. Da drüben wohnt Wilma Kuckert.»

Ilse presste die Lippen zusammen, und ihr Blick verfinsterte sich.

«Kurt!», rief sie knapp und bestimmt, «Kurt! Komm her! Wir fahren.»

Für den Tag war das erst mal ein zu dicker Brocken für Ilse, als dass sie einfach darüber hätte hinweggehen können. Aber im Laufe der Wochen und Monate gewöhnte sie sich daran. Was blieb ihr auch anderes übrig?

Wilma hing denn auch den größten Teil des Tages hinter der Scheibe und beobachtete, was wir da trieben. Wenn wir unsere Gummistiefel leidlich im Gras sauber rieben – man will ja so wenig Schmadder wie möglich im Koyota haben, auch, wenn Kurt selbstredend ein altes Laken zum Unterlegen dabeihatte –, sah ich schon wieder die Gardine wackeln. Bei einem so missgünstigen Weibsbild musste man vorsichtig sein. Da halten Se einmal den Besenstiel nicht richtig oder ein Maurer hat eine falsche Hose an, und zack!, ruft die die Baupolizei oder macht eine Anzeige wegen Lärms oder was weiß ich nicht was alles. Was war ich froh, dass wir gleich das Plaste-Örtchen organisiert hatten. Nicht auszudenken, wenn einer der Bauleute an Wilmas Hecke …! Die hätte uns die Hölle heißgemacht. Immerhin war der Mann Anwalt gewesen. Er liegt bei Walter mit auf dem Friedhof – nicht sehr gepflegt, das Grab. Ich will nicht reden, aber … sie hat es mit einer Steinplatte abdecken lassen und stellt nur ab und an eine Topfpflanze vor das Kopfende. Rundum geharkt ist auch nicht immer! Wilma hat ja auch keine Zeit für die Pflichten einer Witwe, da sie mit dem Spionieren gut ausgelastet ist.

Sie hielt sich für sehr gescheit, deshalb stellte sie sich nicht direkt hinter die Fensterscheibe, wenn sie uns beobachtete, sondern setzte sich mitten in ihre Stube und guckte gebückt durch ein Fernglas. Sie dachte, so sieht man sie nicht, aber eine Renate Bergmann hat vielleicht eine Hüfte aus Titan und geht ein bisschen langsam, aber sie hat bis heute Augen wie ein Luchs. Jedenfalls kann ich weit gucken, für Kreuzwortsrätsel brauche ich eine Brille. Ich kenne mich doch aus mit so was, ich habe das auch schon ... aber das gehört nicht hierher. Erst dachte ich, Wilma sitzt auf der Toilette, so wie die da hing und komisch starrte, aber sie duckte sich weg. Ich winkte ihr fröhlich, da isse dann aufgesprungen und hat sich eine halbe Stunde in der Küche versteckt. Wir haben mit unserer Arbeit am Kieshaufen weitergemacht. Das hatte zwar keiner gesagt, aber wir vom alten Schlag sehen doch, wenn Arbeit anliegt! Dass Kies gesiebt gehört, weiß man, das ist wie mit dem Mehl, das gehört auch ohne Klumpen in den Teig. Man kann sich die Arbeit einteilen und kleine Schippen nehmen, und so schafften wir tüchtig was weg. Kurt zeigte jedem seine Blase am Daumen und gab mächtig an. Die Maurer staunten nicht schlecht, als sie loslegen wollten und die groben Steine schon raus waren. Ja, die «Rentnerbrigade», wie Stefan uns schmunzelnd nannte, war auf Zack!

Ab und an schaute ich beim Kiessieben noch zu Wilma rüber, die irgendwann aus der Küche zurückkam und so tat, als würde sie Handarbeiten machen. Wissen Se, ich habe sie im «Haus Abendsonne» oft genug Maschen verlieren sehen. Ich weiß, dass die Kuckert an der Nadel nichts kann.

Ich habe dann geklingelt und erst mal offiziell erklärt, dass wir hier bauen. Da hat se ja ein Recht darauf, das zu erfahren. Solche Leute bindet man am besten mit ein und kanalisiert ihre schlechten Angewohnheiten in die richtige Richtung. Deshalb habe ich sie gebeten, doch ein Auge auf den Bau zu haben. «Wilma, was für ein Glück, dass du hier wohnst. Weißte, wir haben zwar noch keine Wertsachen auf dem Grundstück, aber trotzdem liegt doch das Material da rum, und es hat hier auch kein Rabauke was verloren. Kannst du vielleicht einen Blick darauf haben ab und an und mir Bescheid geben, wenn sich da Leute rumtreiben, die hier nichts zu suchen haben?»

Na, ich sage Ihnen, das war eine gute Idee! Wenn man Wilmas Neugier für unsere Zwecke ausnutzte, konnte das nur von Vorteil sein. Es gab ihr auch eine Rechtfertigung, mit dem Feldstecher hinter der Gardine zu spionieren. Eine Wind-Wind-Situation, wie die jungen Leute sagen würden.

Wir brauchten keinen Wachschutz für teures Geld, wir hatten Wilma Kuckert!

Kirsten hat den Handwerkern Frühstück angeboten, wie ich es ihr geraten habe. Nur eben keine Hackepeterschrippen mit Bier, wie ich es immer tue, sondern Tofuklops und Detockstee. Da muss se sich nicht wundern, wenn die Bude kalt bleibt!

Für den Rohbau hatte Stefan auf Anraten des Architekten eine Zwei-Mann-Truppe angeheuert, die vom Keller bis zum Dach sämtliche Arbeiten erledigen sollte: Mauern hochziehen, Kabelschächte setzen, Sie wissen schon. Was eben so anfällt. Die Herren Kalle und Bogdan waren kräftig, grundsolide und machten einen ehrlichen Eindruck.

«Mit den Maurern musst du dich gutstellen, Renate», dachte ich bei mir. Wissen Se, Kurt meint es sehr gut und auch Gunter Herbst, der treue Freund von Gertrud, zeigt im Außenbereich nicht selten ein gewisses … Talent. Aber mit unseren Jahren auf dem Buckel ist man nicht mehr so robust und ausdauernd, wie man glaubt. Nach kaum einer halben Stunde am Mischer würde Kurt doch nur noch halbe Schaufeln schippen, und Gunter hätte schon nach nicht mal zehn Minuten mehr die Hand im Rücken als an der Schippe. Ich sah das schon vor mir. Männer können das ja nie so gut verknusen und erst recht nicht zugeben, wenn es körperlich nicht mehr so klappt … in jeder Beziehung, wenn Se verstehen, was ich meine. Außerdem musste man ja auch so viel beachten! Es ging schon damit los, dass so ein Betonmischer ja ganz anderen Strom braucht, nämlich Grobstrom. Da brauchen Se mit der Steckdose für den Föhn nicht zu kommen. Ein ganz dickes Kabel braucht man da, und davon haben die alten Männer keine Ahnung. Und Kurt darf schon nicht an den Hausstrom, nachdem es einige Vorfälle gab. Den Umgang mit dem Stahlstrom auf der Baustelle lehnte Ilse für ihn rundheraus ab.

Nee, die beiden Maurer würde ich umgarnen. Wie schwer kriegt man heutzutage gute Handwerker! Es will doch keiner mehr was lernen, bei dem man mit den Händen arbeiten muss. Alle wollen se nur am Computer rumhacken oder was mit Marketing und Projekten.

Im Grunde genommen gibt es ja kaum noch Arbeitslose. Die Menschen sind entweder «in einer Maßnahme», sie machen einen Startapp oder sie studieren. Am liebsten sind mir ja die, die «irgendwas mit Medien» machen. Das ist im Prinzip wie arbeitslos, nur, dass die Eltern stolz sind.

Neulich frage ich den Großen von Seibalds, der nun bald 16 wird, was er mal werden will. Er sagte, er weiß es nicht. Das wunderte mich nicht, das wissen die ja heute alle nicht. Aber ich ließ nicht locker und hakte nach: «Junge, du musst doch eine Vorstellung haben, womit du später mal dein Geld verdienen willst!» Er meinte, er würde irgendwas mit Influenza machen. Ich freute mich und fragte, ob er studieren und Arzt werden will oder vielleicht Krankenpfleger, aber da lachte der jungsche Kerl und meinte nee, er würde da bei Finsterkram Werbung machen und über sein Leben Fotos hochladen und ab und an eine kleine Salami oder eine Flasche Feinwaschmittel ins Bild halten. Das würde die Leute freuen. Die Wurstfirma würde ihm dafür Geld überweisen, weil es Werbung ist. Influenza-Werbung.

Man kann nur den Kopf schütteln, von so einem Quatsch wollen die heute leben! Wissen Se, in ein paar Jahren wird es so sein, dass wir keinen Wasserinstallateur, keinen Friseur und keinen Maurer mehr haben, nur noch Leute, die Heimseiten für die Dienste basteln könnten, die man nur noch ganz schwer kriegt. Aber wenn es keine Handwerker mehr gibt, wem wollen die dann eine Inleinseite programmieren, frage ich Sie?

Ich weiß doch Bescheid! Sie wissen bestimmt, dass ich beim Fäßbock bin und auch beim Twitter und so. Da bin ich aus Höflichkeit mit dem einen oder anderen befreundet. Mit der Enkelin von Gertrud zum Beispiel. Ich kenne das Kind nur von Gertruds Geburtstagen. Wenn Se sich angucken, was die da hochzeigt an Bildern, weiß ich, was ich der zu Weihnachten schenke: einen Duden und was zum Anziehen. Und zwar was Warmes, das über die Nieren geht, ohne dass die Brüste rausspringen! Man kann das gar nicht mit angucken, und das sozusagen in aller Öffentlichkeit. Soll mir doch keiner erzählen, dass das nur die Freunde sehen. Das Interweb vergisst nichts, heißt es, aber es tratscht auch mehr rum als Inge Trottenbusch. Da komme ich schon wieder in Rage.

Was heißt denn überhaupt «Freund»? Mit wie vielen ist man da verbandelt und kennt die im Grunde nur lose. Trotzdem muss man angucken, wenn sie einen Kaffee im Pappbecher kaufen oder sich einen neuen Türkranz basteln. Oder Bilder mit Alkohol in der Hand am Strand, womöglich noch im Zweiteiler. Ich bitte Sie! Jeder, der einem nicht wohlgesinnt ist, kann das verspeichern auf seinem Gerät und Leuten geben, für die das nun wirklich nicht bestimmt ist. Nee, man muss sich genau überlegen, was man da sagt und vorzeigt.

Das größte Problem ist nicht, dass die Leute dumm sind. Dumme gab es schon immer. Der schielende Heinrich von der Schmiede hatte wirklich nicht alle Pfannen auf dem Herd, aber er hatte keinen Interweb. Sie ließen ihn den Hof fegen, und er bekam drei Mahlzeiten am Tag, und so merkte es keiner, dass er neben der Spur läuft. Heute hätte der einen Schmartfon, 10 000 Freunde im Finsterkram und würde im Januar im Fernsehen Kakerlaken essen.

Ich mache drei Kreuze, dass ich meine Scherflein im Trockenen habe. Ich bin 82 Jahre alt und froh, dass ich das nicht mehr alles mitkriege, wenn hier die Bombe platzt. Wenn die merken, dass man nicht davon leben kann, sich gegenseitig mit Weichspüler zu knipsen, bin ich untertage und gucke den Radieschen zu, wie sie mir entgegenwachsen. Wissen Se, es gibt Kinder, bei denen hat es gar keinen Sinn, die zu beschulen. Wenn die Schleife binden und ihren Namen schreiben können, sind die fertig ausgebildet. Kennen Se auch solche Fälle?

Da geht die Akte nahtlos vom Schulamt zum Arbeitsamt rüber.

Dass das keiner sieht und was dagegen tut! Man kann sich nur wundern. Jedenfalls freue ich mich über jeden, der einen vernünftigen Handwerksberuf lernt und mit seinen Händen noch was anfangen kann, wenn der Strom mal weg ist und der Computer kaputt.

Kalle und Bogdan waren zwei anständige Gesellen. Die hatten alles im Griff und den Überblick. Sie brachten sich auf ihrem Transporter jeden Tag so viel Material mit, wie sie brauchten, sodass nicht die Gefahr bestand, dass auf dem Bau geklaut wurde, wenn Wilma mal nicht hinter der Gardine saß. Sie kamen zügig voran. Immer, wenn ich Kontrolle machte, war wieder eine Wand fertig. Da konnte man nicht meckern.

Selbstverständlich hatten wir uns für stabiles Mauerwerk aus Klinkersteinen entschieden und nicht für solche vormontierten Platten. Gucken Se sich doch mal um in den Neubausiedlungen, wie das nach nicht mal 50 Jahren aussieht! Das wäre zwar billiger und ginge schneller, aber schließlich baut man nur einmal im Leben und will es dann auch solide haben. «Ein Stein, ein Kalk, ein Stein, ein Kalk» lautete unsere Devise, und zum Feierabend ein Bier «auf den Weg» für die Maurer. Was nützt es einem, wenn man am falschen Ende spart und hier billige Fertigteile in den Boden setzt? Drei Tage Regen und die Kartoffeln schwimmen im Keller. Nicht mit Renate Bergmann! Wie ließen richtig mauern, wie es sich gehört. Innen, die Zwischenwände, ja, die waren aus modernem Gasbeton, aber das Fundament und die tragenden Wände ließen wir aus festen, guten Klinkern setzen.

Ich dachte mir, dass ich die zwei beiden Maurersleute wohl am besten mit Hackepeterschrippen bei Laune halten würde. Männer, die körperlich schwer arbeiten, müssen doch tüchtig was hinter die Kiemen kriegen! Denen kann man doch nicht mit einem Salat zum Mittag kommen wie so einer dürren Mieze, die den ganzen Tag im Büro auf ihrem knochigen Hintern sitzt und ab und zu auf den Gummiball überwechseln muss, damit es sie nicht so pikst. Als ich das Tablett aus dem Koyota hob, zierte der Kalle sich aber und wand sich wie die Zick am Strick:

«Meine Frau hat mich uff Diät jesetzt», brummelte er mir entgegen. «Gucken Se mal an hier!» Er streckte mir sein kleines Bäuchlein entgegen. Es war nun wirklich nicht der Rede wert, es war nur ein ganz kleiner Bauchansatz. Ilse könnte ihm einen Keil in den Blaumann einsetzen, dann wäre die Plauze diskret verpackt.

«Meine Frau sacht immer ‹Bruno› zu ihm», merkte Kalle mit traurigem Unterton an. Die Dame würde ich ja gern mal kennenlernen. Den armen Kalle so zu ärgern! Die hat doch keine Ahnung. «Ein Mann ohne Bauch ist wie ein Pferd ohne Beine, Herr Kalle», tröstete ich ihn, «Sagen Se das Ihrer Frau. Und nun diskutieren Se nicht länger, sondern langen Se tüchtig zu. Frischer Hackepeter muss zügig gegessen werden.» Mit Hackepeter muss man vorsichtig sein, sage ich Ihnen, eine Stunde nicht gekühlt und schon wird der grau. Außerdem, wer hätte den sonst essen sollen? Stefan machte lange Zähne, und Ariane durfte nicht. Schwangere dürfen keine Lakritz, keinen guten Käse und kein rohes Fleisch.

«Wir wollen im Oktober zur Silberhochzeit vom Schwager, Frau Bergmann. Da macht meine Elke jetzt schon Stress. Ick soll mit dem Essen uffpassen, damit ick in den Anzuch passe. Sojar dett Bier rationiert se mir. Bundesliga ohne Molle, dett macht alles jar keen Spaß. Dett Schlimmste is aber», fuhr der Kalle fort, «dett Schlimmste is, dett ick einen Schlips umbinden soll. Die spinnt doch. Ick und 'n Schlips! Als wär ick der Brautvater! Hörn Se mir uff.»

Ich atmete tief durch. Das kannte ich doch alles von meinen Männern! Die können sich aber auch bockbeinig haben wegen des «Kulturstricks». Otto – also, mein erster Mann – war der Schlimmste. Später war ich als Ehefrau natürlich auch schon erfahrener und wusste, wie ich mich durchzusetzen hatte, aber Otto hat sich noch erfolgreich geweigert, Krawatte zu tragen. Er hatte auch nur eine über den Krieg gebracht, es war ein schwarzes Modell, universal tragbar bei Konfirmationen, Eheschließungen und Beerdigungen. Es geht dabei ja auch immer irgendwie um Abschied, ob nun von der unbeschwerten Kindheit, der Freiheit oder vom Leben. Da passt Schwarz doch prima! Aber immer, wenn Krawattetragen anstand, hat er das Ding versteckt und behauptete, er könne es nicht finden. Sie wissen ja, der Krieg … Dabei wusste ich genau, dass es den Schlips gab! Er hat sich auch nie getraut, ihn ganz wegzuschmeißen, weil er nämlich ein gottesfürchtiger Mann war, der viel Wert darauf legte, mit Anstand und in Ehren unter die Erde gebracht zu werden. Und in der schweren Zeit hatten wir wahrlich andere Anschaffungen zu machen als einen neuen Binder, ich bitte Sie! Wir hatten keinen Kühlschrank, schliefen auf Matratzen aus Stroh, und ich kochte in einem verbeulten Topf von Oma Strelemann, aus dem *alles* nach Grützwurst schmeckte, egal, was es gab. Die Emaille war nämlich abgeplatzt, und da hatte sich was druntergesetzt. Aber es war nun wirklich kein Geld übrig, um ständig Schlipse zu kaufen, vielleicht noch teure aus England aus Nessereddelsop. Otto ging immer mit offenem Kragen, wenn er eigentlich einen Binder hätte tragen sollen, und behauptete, er würde keine Luft kriegen, wenn er den «Kulturstrick» umhat. Als er starb, fand ich das Ding in seiner Baukammer. Er hatte den Schlips in einer leeren Farbdose versteckt, auf die er «Erst nach meinem Tod zu öffnen» geschrieben hatte. Mit vier Ausrufezeichen, wie so einer beim Fäßbock heutzutage. Ich dachte erst, es wäre ein Testament, aber nee, er hatte nur den Binder da reingetan und auf einem kleinen Zettel notiert: «Damit ihr mich anständig begraben könnt, aber zieht nicht zu fest. Küsschen, meine liebe Renate, es war eine schöne Zeit. Dein Otto.»

Ich bin ja kein Unmensch, ich habe den Bestatter – das war damals noch der Vater vom jetzigen Rachmeier junior – gebeten, Ottos Krawatte recht lose zu lassen. Fesch sah er aus im offenen Sarg, wie ein richtiger Herr.

Dem Himmel sei Dank habe ich kurz vor der Trauer-
feier noch alles kontrolliert, herrje, der alte Rachmeier
hatte es auf den Augen und doch tatsächlich versäumt,
Otto den Hosenschlitz zuzuziehen! Was hätte das für
ein Gelächter gegeben in der Aussegnungshalle. So was
macht einem doch die ganze schöne Trauerstimmung
kaputt. Man muss auf alles achten, auf jede Kleinigkeit.

Männer können ja heute alle keinen Schlips mehr
binden. Nun denken Se bestimmt, das ist neu, aber
ich sage Ihnen, das war schon immer so. Bei meinem
Otto in den 1950ern und sogar noch früher. Schon Opa
Strelemann konnte das nicht, Vater sowieso nicht und
auch keiner meiner Männer, außer Franz. Das hat nämlich nichts mit der Zeit zu tun, sondern nur damit, ob
die Männer es gewohnt sind, Schlips zu tragen. Franz
musste es von Berufswegen her als Vertreter, aber die
anderen … hüllen wir lieber den Mantel des Schweigens
drüber.

Ilse kann ja Schlipsknoten, aber nich am Mann, sondern nur, wenn sie ihn selbst um den Hals hat. Also
nicht spiegelverdreht, wissen Se. Das ist immer ein Ge-
würge vor der Kirche! Erst schnallt sie Kurt den Strick
ab, weil er angeblich nicht richtig ist, hängt ihn sich um
und macht den Knoten neu. Wenn er halbwegs sitzt,
zieht sie das eine Ende vorsichtig durch die Schleife, bis
sie ihn über ihren Kopf abheben kann, ohne sich dabei
in den Locken zu verfangen, und versucht, Kurt wieder
ins Geschirr zu legen. Der hat aber einen dickeren Schä-
del, sodass sie noch weiter öffnen muss, und wenn sie zu

weit aufzieht, geht das alles wieder von vorne los. Einmal, ich glaube, es war bei der Beisetzung von Reinhard Schussfest, kam der Pfarrer schon rein, als Ilse noch damit beschäftigt war, Kurt einzuschnüren. Sie hat in der Hektik die Schlaufe ruckartig sehr stramm zugezogen, und Kurt ist während der Predigt ganz blau angelaufen. Geröchelt hat er, der arme Mann! Fast hätten die Sargträger noch ein zweites Loch buddeln können an dem Tag, und nur wegen des Schlipses.

Herrn Kalles Sorgen um die Kleiderordnung auf der Silberhochzeit waren mir also wohlvertraut. Ich hoffte insgeheim, dass seine Frau sich durchsetzen würde und auf Anzug bestand. Allerdings sollte der liebe Mann doch auch nicht darben und nun den Sommer über nur Diät essen. Ein tüchtiger Handwerker, der schwer arbeitet, muss auch kräftig was zwischen die Zähne kriegen.

«Herr Kalle, jetzt langen Se erst mal richtig zu. Es schmeckt nur, wenn es kalt ist. Bier gibt es aber nicht dazu, das hole ich erst nach Feierabend», merkte ich spaßig an, «sonst wird die Wand am Ende noch ganz schief.»

«Sie dürfen mir auch gern sagen, wenn Sie sich mal was zum Mittag wünschen. So ein schöner Erbseneintopf mit Spitzbeinen? Oder Kotelett mit Knochen dran und Mischgemüse, Salzkartoffeln und brauner Soße?»

Dem Kalle und auch dem Gesellen Bogdan lief das Wasser im Munde zusammen, und sie bekamen ganz leuchtende Augen. Eine Renate Bergmann weiß doch, was richtigen Männern schmeckt! Die Sache mit den

Maurern lief. Die waren so gut bei der Sache, dass wir dem Zeitplan sogar voraus waren. Aber es war ein Vabanquespiel. Man musste die Herren beaufsichtigen, umgarnen und doch auch ab und an antreiben. Wider den Schlendrian!

Ich habe ja schon berichtet, wie schwierig es heutzutage ist, gute und zuverlässige Handwerker zu bekommen. «Fachkräftemangel» sage ich nur. Die Fachkräfte selbst wissen das nur zu gut und versuchen dann und wann, es auszunutzen. Ein paarmal habe ich sie erwischt, wie sie alles stehen- und liegenließen, sich ins Auto setzten und verschwanden. «Wir machen hier erst mal Schluss, der Chef hat uns nach Fuchsburg geschickt. Da ist morgen Bauabnahme und wir müssen fertig werden. Wir kommen am Freitag wieder», hieß es und schwups, waren se weg. Ich habe die aber bald durchschaut. Die wussten genau, dass sie sich die Arbeit aussuchen konnten. Wenn die eine Baustelle hatten, zu der sie nicht so weit fahren mussten, wurde die natürlich vorgezogen. Mir ist auch aufgefallen, dass die Maurer dienstags immer schon um eins einpackten und weiterzogen. Nachmittags haben sie nämlich lieber in der Schittbüxstraße auf dem Bau von Löschmeiers gemauert – und zwar nur, weil im Fitnessstudio gerade rüber die Mädchen aus der Oberprima zur Poppgymnastik eingerückt sind. Die jungen Dinger mit ihren Bockwurstepelle-Hosen machen die Kerle ganz wuschig. «Taubstummenhosen», sagt Kurt immer und grinst ganz schmutzig. «Da kann man von den Lippen lesen.» Ich kann Ihnen beim besten Willen nicht sagen, woher er so was hat.

Ich sage Ihnen, wenn man will, dass es vorangeht auf dem Bau, muss man auch mal erfinderisch sein. Also habe ich mit Fräulein Tanja – die für uns Alte auch in der Wasserdisco vorturnt – besprochen, dass sie die Mädelchen gegen die Herzsportgruppe mit den Fettle... sehr fülligen Turnern tauscht. Das war der letzte Dienstag, an dem die Maurer früher gegangen sind. Ab da haben sie durchgearbeitet.

Ich habe sie aber auch gut verpflegt, da lasse ich mir nichts nachsagen. Das spielt ja auch eine Rolle für die Muttivation. Zum Frühstück brachte ich eben immer Hackepeterbrötchen und eine große Kanne handgebrühten Bohnenkaffee. Und zwar RICHTIGE Schrippen vom Bäcker und RICHTIGEN Hackepeter vom Fleischer. Keine aufgepusteten Teiglinge und Fabrikfleisch aus der Plastebüchse. Dazu frische Zwiebelringe und Gürkchen, ach, herrlich! Die Herren schmausten mit Wonne und packten tüchtig an, es ging gut voran. Die Diät von Herrn Kalle war einstweilen ausgesetzt.

Mittags machte ich meist Eintopf. Herr Bogdan sagte mehr als einmal, dass er einen leckeren Eintopf von einer guten Köchin jedem Schischi-Menü vom Spitzenkoch vorziehen würde. Also hielt ich mich daran. Zu meiner Erbsensuppe merkte er an, so gut hätte er nicht mehr gegessen, seit er als Kind in der Sommerfrische bei seiner Oma war und sie den Eintopf mit frischer Schlachtebrühe angesetzt hat. An dem Tag habe ich ihn überredet, den Türbogen zu mauern. Das ist eine ganz schwierige Arbeit, da braucht man Muße und Ruhe, aber so wohlgespeist ging Herrn Bogdan selbst diese Arbeit flott von der Hand.

«Das Dach muss noch vorm Winter drauf», mahnte ich jeden Tag zur Eile. Man weiß ja, wie schnell die kalte Jahreszeit ran ist. Eben ist noch Hochsommer und alle schwitzen und stöhnen, dass es eine Jahrhunderthitze ist, und zack, stehen die Lebkuchen in der Kaufhalle, abends wird es wieder früher duster, und ehe man sich's versieht, ist der Winter da. Da muss nur bei einem einzigen Handwerker was schiefgehen – und irgendwas geht immer schief, das sage ich Ihnen! – und schon ist der schöne Plan durcheinander.

Es läuft ja selten alles ganz glatt, irgendwas passiert immer, was einem ein bisschen Sand ins Getriebe streut. Und auch, wenn wir auf der Platte gut vorankamen mit der Bauerei, hatten wir in Spandau eine kleine Panne zu überstehen, und zwar in Gestalt meiner Tochter Kirsten.

Kirsten kam nach Berlin.

Haben Se zwei Sätze Geduld, ich erzähle gleich ein bisschen eingehender über sie und setze Sie ins Bild. Dann können Sie besser einordnen, wie ich das meine.

Wie es immer so ist: Natürlich platzte sie genau an dem Tag auf die Baustelle, als ich nicht da war. Dem Himmel sei Dank hatte ich zum Kalle einen so guten Draht. Wir hatten gleich Händinummern getauscht, und seine Frau Elke hat mich beim Fäßbock als Freundin

geführt. Er selbst hat keinen Fäßbock, er hat ein Hand-
werkertelefon mit Tasten und aus Hartgummi, das auch
mal runterfallen und ein paar Spritzer Wasser vertragen
kann. Auf dem Ding gibt es auch kein Glasscheibchen,
das man jeden Tag mit Fensterreiniger abrubbeln muss,
weil man sonst jeden Schmadder sieht. Nee, Kalles Händi hat Tasten, die piepen, und der Strom hält eine Woche
durch. Da war ich schon ein bisschen neidisch, aber andererseits hatte der eben keinen Twitter und auch keine
Navifrau. Aber es reichte, um mich anzurufen: «Frau
Berchmann, hier is so 'ne komische Frau mit 'nem Erpel
an der Leine. Die quasselt von Wasseradern und dass ick
die Wand wieder abreißen soll, weil ihre Wünschelrute
an der Stelle ausjeschlagen hat …»

Ich wusste sofort Bescheid. Wissen Se, auch wenn es
vielleicht nicht sehr schmeichelhaft ist, aber mehr Worte
braucht es im Grunde nicht, um Kirsten zu beschreiben.

«Herr Kalle, lassen Se die links liegen und hören Sie
bitte ü-ber-haupt nicht hin, was die sagt. Ich komme
sofort.»

Ich habe alles stehen- und liegenlassen, mir nur schnell
die Hände abgetrocknet – ich war gerade beim Abwasch – und bin mit der Taxe rüber. Auf die zehn Euro
kam es in dem Moment nicht an, es ging um jede Minute!
Wer weiß, was Kirsten noch alles anrichtete. Kalle und
Bogdan standen auf dem Gerüst und mauerten starren
Blickes gerade die Zwischenwand von der Schlafstube
und einem der Kinderzimmer. Das schafft ja, wenn man
große Steine nimmt, am meisten hält es ja auf, die Ecken

zuzusägen. Sie kamen gut voran und ignorierten Kirsten, wie ich ihnen geheißen hatte. Die wiederum wuselte aufgeregt unter dem Gerüst rum und wich gerade einem Klecks Kalk aus, als ich ankam. «Mama! Was machst du denn hier?», guckte se ganz überrascht. «Kirsten, mein Kind, sag mir mal lieber, was *du* hier machst. Lass bitte die Handwerker ihrem Tagwerk nachgehen und bringe hier nichts durcheinander. Wir haben einen straffen Zeitplan einzuhalten, der Winter naht!»

«Das ist alles völlig verkehrt. Hier gehen die Wasseradern lang, und statt die Fruchtbarkeitsecke zu nutzen und dort das Schlafzimmer hinzubauen», zeigte sie auf die Ecke, wo das Bad hinsollte, «ziehen die hier eine Mauer! Das muss alles weg!» Sie trommelte wie eine Furie gegen die frisch gesetzte Wand aus Gasbetonsteinen. Zu allem Überfluss fiel ihr Blick in dem Moment auf die teure Thermosmix-Kochmaschine, die sie mir geschenkt hatte. Ich hatte sie den Maurern ausgeliehen, um darin den Feinmörtel anzurühren. Das funktionierte so klumpenfrei und wunderbar, dass die Maurer mir das Gerät am liebsten abkaufen wollten. Selten hatten sie so glatten Mörtel wie auf dieser Baustelle gehabt, hatte mich Kalle gelobt. Aber statt dass das Mädel sich freute, dass wir so eine sinnvolle Verwendung für ihren Rührbottich gefunden hatten, fing sie das Zetern an und bekam prompt Schnappatmung.

«Kind, beruhig dich erst mal. Das mit der Fruchtbarkeitsecke hat sich erübrigt, Ariane ist ja nun schwanger, wie du weißt. Lass uns mal zu mir fahren, und ich mache uns einen schönen Detockstee.» Das ist ja das Neuste. In ihrer Esoterikbrangsche wechseln die Moden ganz schnell, da schlackern einem die Ohren. Gerade waren Detockstee, mit dem sie entgiften, und Porridsch aktuell. Porridsch ist im Grunde Haferschleim, den se jetzt alle für drei Euro im Bio-Laden kaufen und der ihnen beim Verdauen hilft. Ich will mich nicht aufregen und Sie nicht langweilen, aber lassen Se sich das mal auf der Zunge zergehen: eine Portion Haferbrei für drei Euro! Da sehen Se doch schon, dass Leute wie Kirsten meschugge sind!

Ich bat bei Kalle und Bogdan um Verständnis und wies sie an, einfach wie geplant weiterzuarbeiten. Ich musste mich Kirsten erst mal annähern, um zu verstehen, wie sie gerade tickte. Oft weiß man das bei ihr nicht so genau, es schlägt immer schnell um. Es ist ein Schwert mit ihr. Aber wir haben uns arrangiert und kommen aus, seit einer dem anderen nicht mehr reinredet in sein Leben. Sie lässt mir meine Blutwurst und ich ihr ihren Hirsebrei – so geht es. Wenn man einander mit Respekt begegnet und sich nicht zu bekehren versucht, schafft man es sogar, sich zu lieben, auch, wenn man ab und an bis zehn zählt und manches Wort nicht sagen darf, sondern runterschlucken muss. Auf der Basis kommen Kirsten und ich gut miteinander zurecht.

«Verwandte können gar nicht weit genug weg wohnen», heißt die alte Weisheit, und für meine Tochter gilt das ganz besonders. Sie wohnt im Sauerland. Wenn sie nach Berlin anreist, gibt es immer ein Tohuwabohu. Man weiß nie, was für Viecher sie gerade in psychologischer Betreuung hat und mit sich führt. Vorletzten Sommer war es ein Papagei, der immer zu krakeelen anfing, wenn er ein Auto hörte. Da war se ja in Berlin nun mal ganz falsch. Was meinen Se, was hier los war, das Viech schrie, dass es einem durch Mark und Bein ging. Es hörte sich fast an wie das durchdringende Organ der Berber, wenn sie dem Lieferauto vom Pizza nachruft, weil zu wenig Käse auf ihrem Fladen ist. Kirsten bestrahlte den Papagei mit einer Rotlichtlampe und besprühte ihn mit einem besonderen Wasser, das ihr eine «Freundin» aus Rumänien schickte. Dort füllte es ein Waldschrat aus einer Quelle in den Karpaten ab … hören Se mir auf. Da kann ich dann nur meinen Korn trinken und früh schlafen gehen, sonst rutscht mir doch wieder was raus und es gibt Ärger. Ich wollte gar nicht wissen, was es mit dem Erpel auf sich hatte, den sie an der Leine hatte. Der durfte im Wagen vorne sitzen, während ich mich auf die Rückbank zwängen musste! Frechheit. Andererseits fiel mir in dem Moment wieder ein, dass ich noch Grünkohl im Tiefgefrierer hatte. Grünkohl passt doch prima zu Entenbraten!

Nee, das muss ich Ihnen noch erzählen, so viel Zeit muss sein – passen Se auf. Es ist vielleicht ein paar Monate her, da wand sich Kirsten am Telefon und war ganz komisch. Nun ist «komisch» im Zusammenhang mit ihr kein Wort, das die Situation angemessen beschreibt, nee … wie soll ich es ausdrücken? Sie war anders. Also, noch anderserer als so schon. Eine Mutter spürt so was! Sie war gar nicht richtig bei der Sache, verstehen Se, was ich meine? Sie kicherte auch so perlend im Gespräch und war verlegen. Ich sagte es ihr auf den Kopf zu: «Kirsten, dir hat doch ein Kerl den Kopf verdreht!»

Mit Männern hatte Kirsten es nie leicht. Dass sie ein bisschen mit einem anderen Takt durchs Leben düst, schreckte die meisten in Frage kommenden Herren ab. Sicher, als Mädchen hatte sie Freunde. Da war sie ja auch noch … wie soll ich sagen … sie hat ja was Ordentliches gelernt, nämlich Krankenschwester. Erst später suchte sie nach ihrer Mitte und fand raus, dass die woanders als bei der Mehrheit liegt. Seit sie ins Sauerland gezogen ist und ihre «Praxis» für esoterische Lebensberatung mit dem Schwerpunkt Kleintiere eröffnet hat, habe ich auch nicht mehr so den Einblick in ihr Liebesleben. Sie erzählt einem ja nichts! Da ist man als Mutter außen vor und muss sich auf sein Gespür verlassen und darauf, was andere Leute einem erzählen. Aber die Nachbarn aus ihrem Dorf rufen mich eher an, wenn sie sich mit Hunden im Laub auf der Waldlichtung wälzt (aus therapeutischen Gründen, wie sie behauptet) oder wenn sie die blaue Tonne nicht reinholt, obwohl die Leerung schon zwei Tage her ist.

Einmal war da was mit einem Botaniker, aber der war ganz schnell wieder über alle Berge. Er war wegan wie sie, nur wohl noch eine Stufe höher. Er war Pflanzenforscher, und als Kirsten die Kresseblüten vom Salat aß, weinte er um ihre Seelen. Das war selbst für meine Tochter zu viel.

Aber nun lag was in der Luft.

«Dir hat ein Kerl den Kopf verdreht, mein Mädchen, der Mutti machst du doch nichts vor», sagte ich noch mal ganz direkt, und sie gab so ein kicherndes «Gnihihi, na, vielleicht ein bisschen» von sich. Mehr war nicht aus ihr rauszukriegen. Ich fragte die nächsten zwei, drei Wochen immer wieder nach, aber sie erzählte einfach nichts. Nur, dass sie sich kennengelernt haben, als er mit seinem Kater in ihrem Kursus «Kätzchenzumba zu Klangschalentönen» war. Ich kann nicht sagen, dass mich das beruhigte. Wissen Se, eine Mutter will das Beste für ihr Kind, da sind wir uns doch wohl einig. Und auch, wenn ich alt und mein Weltbild vielleicht verkrustet ist: Ein Mann, der mit seinem Kater zum Turnen geht und meiner Tochter Geld dafür bezahlt, dass sie ab und an mit einem Kochlöffel an eine Blechschüssel schlägt, ist einfach nicht das, was man sich als Schwiegersohn wünscht. Auch, wenn das Mädel sein Leben leben muss und es mich nichts anging, ließ mir das keine Ruhe.

Ich heiße Renate Bergmann. Stefan sagt «Tante Renate» zu mir und Kirsten «Mammadenkandeinenzucker».

Als der nächste Feiertag ran war, setzte ich mich in die Bahn und reiste zu Kirsten. Ich sagte vorher nicht, dass ich komme, nicht, dass die den Kerl noch auf die Seite schaffte und vor der Mutti versteckte. Ich kenne doch Kirsten, die kommt mir mit Sprüchen wie «Das ist jetzt schade, aber der Johannes muss arbeiten. Ich soll dich aber schön grüßen, wie lange bleibst du denn, Mutti?». Das fragt se immer als Erstes – «Wie lange bleibst du denn, Mutti?». Das ist ganz wichtig für sie.

Ich bin ja Reichsbahnpensionärin, das wissen Se ja. Da hat man die eine oder andere Vergünstigung, unter anderem kriegt man gewisse Freifahrten. Gott sei Dank musste ich mich nicht durch die Preise bei der Bahn arbeiten. Früher gab es so ein Durcheinander mit Tarifzonen, Sparkuppon und Zuschlag, wenn man einen Sitzplatz wollte, nicht. Da hat der Kilometer acht Pfennige gekostet und fertig war, das wusste jeder und konnte sich ausrechnen, was auf einen zukommt. Wenn heute die Schalterbeamten eine Summe sagen, glauben Se das bloß nicht! Da geht immer noch was rauszuholen. Aber das nur als Tipp beim Rande, ich hatte ja Freifahrt und musste nur einen Platz reservieren. Es war aber auch genug Arbeit, die anderen Reisevorbereitungen zu treffen: Katerle versorgen lassen (das Füttern übernimmt jetzt immer der Herr Alex, die Berber kriegt keinen Schlüssel von mir!), den Koffer packen, das pflegeleichte Reisekostüm aufbügeln, den Kühlschrank abtauen, dran denken, den Hahn für die Waschmaschine abzudrehen … na ja, was eben alles so anfällt, wenn man verreist. Einen Pass braucht man ja nicht für Sauerland, trotzdem steckte ich ihn ein. Auch Impfungen sind nicht nötig, sagte Schwester Sabine, die ich extra angerufen hatte. Trotzdem habe ich Tetanus und Tollwut spritzen lassen, man weiß nie, was Kirsten wieder für Getier in Pflege hat und ob es einen nicht kratzt, beißt oder sonst wie zu nahe kommt. Ich tat auch Flohpuder in meine Tasche.

Die Fahrt mit der Bahn war keine Freude. Wissen Se, ich schäme mich wirklich für meine früheren Kollegen. Es ist sehr beschwerlich zu reisen, wenn die Züge unpünktlich und so schmutzig sind, dass man Angst hat, sich auf der Toilette was wegzuholen. Ich habe den Fehler begangen, mir kurz hinter Hannover einen Kaffee zu kaufen. Es ging auf das zweite Frühstück zu, und ich hatte so einen Anflug von Müdigkeit, da wurde ich leichtsinnig. Der Mann hinter der Bar reichte mir einen Pappbecher und sagte eine Summe, für die ich bei uns im Edeka ein ganzes Pfund gemahlene Bohnen kriege, wenn er im Angebot ist. Ich war mal mit Gertrud im Adlonhotel einen Kaffee trinken, der kam auf die Hälfte! «Kaffee Krema» nannte der schaffnernde Zugbegleiter das. Na, vielleicht wäre es billiger gewesen, wenn ich ohne Creme genommen hätte? Ich hielt den Mund und ging vorsichtig zu meinem Platz zurück. Die Plörre war nicht etwa brühheiß, sondern bestenfalls badewasserwarm. Es roch wie Würstchenwasser. Vielleicht lag das an dem Schaum, man weiß ja nicht, was die da drauftun. Pfui Deibel, nee, das konnte man nicht trinken. Eine Frechheit, Leuten so was anzubieten. Für so viel Geld!

Ich will Sie hier nicht mit meiner Reisebeschreibung langweilen. Bahnhöfe und Strecke wechselten sich eben ab. Ich hatte Glück und habe in Heckstadt, meiner Endstation, Frau Schlottmann getroffen. Die wohnt wie Kirsten in Brunskögl. Brunskögl ist wirklich kein schöner Ort. Spaziergänge macht man am besten bei Nebel, dann sieht man das Elend nicht so. Nebel gibt es da oft, im Gegensatz zu Interweb- und Busverbindungen. Hätte ich die Schlottmannsche nicht zufällig getroffen, hätte ich ein Taxi nehmen müssen, wissen Se, da fährt ja kaum ein Bus. Zweimal die Woche geht einer, dienstags und donnerstags. Um halb neun früh geht es los, man fährt gute zwei Stunden bis Heckstadt, weil der Bus über Fliehbach, Brunshagen und sogar bis Duckelbietzbach fährt. Es reisen meist alte Damen, die den Friseur in Heckstadt haben, aber auch jüngere Leute, die mal ins Onlein gucken müssen oder wollen. In Brunskögl gibt es nämlich nur einen Strich Internetz, und der reicht nicht für Fäßbock. Frau Schlottmann fährt mit dem Auto zweimal die Woche nach Heckstadt rein. Sie nimmt die ganzen Händis der Dorfbewohner mit und drückt «aktuell machen», dann können die zu Hause ihren E-Mehl lesen. Nee, Frau Schlottmann weiß sich zu helfen, und nicht nur sich, sondern auch allen Leuten im Dorf. Sie nimmt gern Bewohner mit, die zum Doktor müssen und die dienstags oder donnerstags keinen Termin kriegen, oder holt auch mal was aus der Reinigung ab. Herrn Lutscher bringt sie auch Zigarren mit, die er laut seiner Frau nicht mehr darf. Am Tante-Emma-Bus, der freitags immer kommt, kriegt er auch keine Zigarren, der Verkäufer hat von Frau Lutscher Verkaufsverbot erteilt bekommen. Jedenfalls gab es letzten Sommer großes Gerede in Brunskögl, an dem einmal nicht meine Kirsten schuld war. Die Schlottmann und der olle Lutscher haben sich im Gartenschuppen heimlich zur Zigarrenübergabe getroffen. Das hat Gerda Maaßmann gesehen, und da hieß es gleich, die beiden haben ein Techtelmechtel. Sie wissen ja, wie das in kleinen Orten so ist … nur zwei Fernsehsender, bei denen auf einem IMMER Fußball läuft – da haben die Klatschweiber viel Zeit, Gerüchte in die Welt zu setzen. Und wenn *die* regelmäßig gegossen werden, schießen sie ins Kraut. Man soll nicht denken, dass da gar nichts los wäre in einem Dorf wie Brunskögl:

Frau Schlottmann berichtete ganz stolz, dass sie dieses Jahr bei der Wahl zum schönsten Balkonkasten im Landkreis, den der «Heckstädter Bote» veranstaltet, den dritten Platz gemacht hat. Die Jürie der Landfrauen kam mit zwei Autos angereist und prüfte Knospenstand und ob gut gegossen war. Davon spricht Brunskögl bis heute, wobei es langsam weniger wird, seit Kirsten diesen neuen Freund hat. Frau Schlottmann wurde ganz schmallippig und wand sich wie ein Aal, als die Sprache darauf kam. Sie wollte mir partout nichts sagen. Es hatte auch keinen Sinn, noch lange zu bohren, schließlich waren wir da. Sie ließ mich vor der Tür von Kirstens Häuschen raus und brauste von dannen. Mein Blick streifte über die Plakate, die neben Kirstens Eingangstür angeschlagen waren. Yogamatten für Hunde waren im Angebot, und nächste Woche, an Neumond, startete ein neuer Kurs: «Homöopathie im Rinderstall». Auf dem Plakat trug Kirsten ein Dirndl und streichelte ein Kälbchen. Es sah bald aus wie eine Platte von Stefanie Hertel.

Da stand ich also nun mit meiner Reisetasche – was braucht man denn groß für drei Tage? Korn und Hausschlachtewurst hatte ich dabei, dazu frische Unterwäsche, Waschzeug, Medikamente, Nachthemd, ein gutes Kleid, falls der Pfarrer kommt ... na ja, ich gebe zu, es war doch einiges geworden und ich hatte den großen Koffer genommen. Den guten von Wilhelm, mit dem wir früher mit Kirsten immer an die Ostsee gefahren sind. Da stand ich vor Kirstens Türe, war nur ein paar Stunden mit der Bahn gereist – und doch in einer anderen Welt.

Ich schellte und richtete mir die Frisur. Doch statt Kirsten öffnete mir ein junger ... Mann?

Ich würde eher sagen, Bursche. Er hatte blondes Wuschelhaar und trug eine Brille, so eine dicke mit Horn, wie sie gerade modern sind, wissen Se. Aber wenigstens war die Hose heile, die meisten Jungens rennen ja mit zerrissenen Knien rum, Ich schätzte ihn auf höchstens 25, hoffte aber darauf, dass mir die Weitguckbrille einen Streich spielte und ich mit der Kreuzworträtselbrille vielleicht noch ein paar Krähenfüße um seine Augen entdecken würde.

«Guten Tag», grüßte er fragend, aber doch freundlich. Ohne es zu sagen, sprach sein Blick: «Wer sind Sie denn, und was wollen Sie hier?»

«Ich wollte eigentlich zu meiner Tochter ...», brachte ich verdattert hervor und dachte «Nun reiß dich aber mal zusammen, Renate» bei mir, «der Kerl hält dich sonst noch für eine verwirrte olle Tante und denkt, du bist aus dem Heim ausgebüxt».

«Ach, SIE sind Kirstens Mutter? Ich bin der Johannes», sprach der Junge und streckte mir die Hand entgegen. «Aber entschuldigen Sie, kommen Sie doch erst mal rein.»

Er schwang die Tür weit auf und hob sich fast einen Bruch an meinem Koffer. Na ja, wenn der bei Kirsten wohnte und ihren Gemüsequatsch essen musste – woher sollte der auch Kraft haben und Muskeln in den Armen? Das waren bestenfalls Mus-Kellen!

Ich wusste gar nicht, was ich zuerst denken sollte. DAS war ...? DAS war ihr Freund? Dieses Kind? Meine Kirsten war letztes Jahr 50 geworden! Ich wusste gar nichts zu sagen. Ich ließ meinen Blick noch mal schätzend über ihn gleiten. Er merkte das sehr genau. Kennen

Se das, wenn man sich auf den ersten Blick ohne Worte versteht und weiß, was der andere fragen will? Johannes setzte den Koffer ab, stöhnte erleichtert auf und guckte mir kurz in die Augen. «24, Frau Bergmann. Aber für uns ist das kein Problem, und ich fände es gut, wenn es für Sie auch keins wäre. Machen Sie sich mal keine Sorgen, wir wollen nicht gleich heiraten, und ich werde Sie auch nicht in den nächsten Wochen zur Großmutter machen. Schnäpschen?»

Na, damit hatte er mich! Auf den Schreck brauchte ich wirklich einen Korn, außerdem wollten die anstrengende Reise und der Bahnkaffee verdaut werden. Johannes kam mit einer Flasche «Sauerländer Hofbrand» und zwei Gläsern an den Küchentisch, und wir stießen an. «Sie scheinen ein vernünftiger Junge zu sein, Johannes. Ich wünsche Ihnen viel Glück und ... na ja. Prost.» Es war wohl nicht der richtige Zeitpunkt, nach wegan und Wünschelrute zu fragen. Das erklärte sich in den nächsten zwei Tagen ganz von allein, wissen Se, er war ein ganz bodenständiger Kerl, der nicht mit seiner eigenen Katze im Kurs war, sondern seine Mutter da abholte, weil die sich mit dem Stubentiger im Hulahupp-Reifen einen Hexenschuss geholt hatte. Er stand Kirstens Humbug ... kritisch gegenüber und war wirklich geschickt darin, sich das Lachen zu verkneifen, viel besser als ich.

Kirsten konnte mir im ersten Moment gar nicht in die Augen schauen, aber als sie merkte, dass ich kein Donnerwetter plante, war sie erleichtert und machte uns zum Abendbrot einen schönen Salat mit Lupinenkeimlingen,

Advokados und komischen braunen Flocken. Wer bin ich denn, dass ich mir anmaße, darüber zu urteilen? Es ist nämlich genau so, wie Helene Fischer singt: «Wohin sie fällt, ist der Liebe egal.» Was soll man machen? Man sucht es sich doch nicht aus! Das passiert einfach. Und heutzutage ... Erstens erwartet wirklich keiner, dass man sofort heiratet und für den Rest seines Lebens zusammenbleibt. Die jungschen Leute legen es von vornherein auf einen Lebensabschnitt an. Deshalb nennen sie es auch «Lebensabschnittsgefährte». Für mich klingt Abschnitt ja immer nach Aufschnitt und was abschneiden, aber gut. Die Zeiten sind eben so. Und zweitens hat sich da ja auch viel getan, was ältere Frauen und jüngere Männer betrifft. Wenn die Heidi Klump mit ihrem trommelnden Jüngling nackig posiert, finde ich das zwar unpassend, aber sie hat ein Recht drauf. Was dickbäuchige alte Männer nämlich dürfen, das dürfen wir Frauen auch. So, das musste mal gesagt werden!

Hatte ich wohl schon erwähnt, dass ich mit Aufschnittdose angereist war? Na, jetzt wissen Se es ja. Ich bin Diabetiker und muss auf meine Ernährung achten, damit der Zuckerspiegel nicht Achterbahn fährt. Dafür brauche ich regelmäßig was Kräftiges zwischen die Zähne und kann mich nicht mit «Katzpatscho von roter Bete» aufhalten. Ich machte mir zu Kirstens Blumensalat meine Stullen mit Hausschlachtewurst. Als Johannes fragte, ob er mal von meiner Blutwurst kosten darf, wurde Kirstens Blick ganz frostig. Bei ihr kriegt er so was ja nicht. Letzten Muttertag hat sie mir per Boten weganes Konfekt geschickt. Weganes Konfekt! Ich kam da gar nicht drüber hinweg. Als ob in normaler Schokolade nun Kalbsgulasch drin wäre.

Als Johannes die Blutwurst auch noch schmeckte, donnerte Kirsten die Tür hinter sich zu und ging meditieren. Johannes und ich machten zu Frau Schlottmann rüber und droschen mit ihr Skat. Bis nach um elf! Die Schlottmannsche betritt Kirstens Haus nicht, sie nennt es «die Hütte, wo die Irre wohnt». Außerdem verträgt sie das Gequieme der ganzen Räucherstäbchen nicht gut. Deshalb mussten wir rüber zu ihr. Ach, was hatten wir einen schönen Abend! Da habe ich den Johannes ein bisschen besser kennengelernt und wusste gleich: Das mit ihm und Kirsten hält nicht lang. Eine Mutter spürt so was. Aber ich tat, was Mütter seit Generationen tun: Ich lächelte, trank einen Korn, dachte mir meinen Teil und hielt den Rand.

Es würde schiefgehen, und ich würde denken «Ich habe es doch vorher gewusst», aber ich durfte es nicht sagen, weil ich eine kluge Mutter bin, die ihre Tochter ihre Fehler machen lässt. Da hat sie nämlich ein Recht drauf! Und hinterher werde ich die Kirsten (oder den Johannes) trösten, für sie da sein, wenn sie weinen, und auf gar keinen Fall sagen: «Kind, das habe ich doch vorher gewusst.»

Johannes war dann auch wirklich nicht lange Kirstens Freund. Wie heißt es immer so schön? «Auf alten

Schiffen lernt man segeln.» Schon bald hatte er offenbar alle Segeltricks gelernt und war auf einer Jolle jüngeren Baujahrs unterwegs. Ich wünschte ihm im Stillen alles Gute, während mein Mutterherz pflichtbewusst der gut erhaltenen, verlassenen Fregatte beistand.

Das war im Grunde aber unnötig, denn meine Kirsten tröstete sich selbst. Zu der Zeit hat sie indianische Sternzeichen für sich entdeckt und erklärte in Kursen, dass ein Zwergkarnickel, das im Sommer geboren wird, ein Lachs ist. (Aszendent Sahnesoße, das passt zu beidem, hihi!)

Na ja. Nu jedenfalls war Kirsten für ein paar Tage in Berlin. Sie hatte ein Seminar mit fragwürdigen Menschen gebucht, bei denen sie für viel Geld auf heißen Steinen saß und ihr «Pauerhaus» bei Wasserfallgeräuschen trainierte. Sie übernachtete in meinem Gästezimmer, und wir kamen überein, dass die Wände im neuen Haus wie geplant hochgemauert würden, Wasseradern hin und Fruchtbarkeitsecke her.

Am Donnerstag musste ich zum TÜFF. Also, zur Doktern. «Wir machen mal wieder Labor», sagt die alle paar Monate, wenn ich eigentlich nur die Tabletten neu aufschreiben lassen will. Dann muss ich zwei Tage später zu Schwester Sabine, die nimmt Blut ab und kontrolliert den Urin. Ja, es ist fast wie beim TÜFF, nich wahr, sie messen alle möglichen Werte, und es gibt eine Mängelliste und einen neuen Termin, an dem man sich wieder vorstellen muss. Jedenfalls konnte ich den Maurern kein Frühstück bringen.

Da habe ich selten einfältige Person einen schlimmen Fehler begangen. Statt Gertrud oder Ilse anzurufen und sie zu bitten, die Frühstücksversorgung für die Männer zu übernehmen, dachte ich bei mir: «Renate, wenn Kirsten schon da ist, kann sich das Mädchen auch mal nützlich zeigen und das Bauarbeiterfrühstück machen.» Ja. Na ja. Wie gesagt: «Ich selten einfältige Person»! Da können Se sich schon denken, dass nicht alles glattging. Ich hätte es wissen müssen, dass Kirsten keinen Hackepeter anfasst. Aber statt den Maurern einen schönen Salat zu machen oder Käsestullen – das wäre ja noch gegangen! –, wollte sie schummeln und machte weganes Mett aus Reiswaffeln, Tomatenmark und Tabaksoße und kaufte glutenfreie Brötchen. Nee, warten Se, ich frage noch mal nach …

Es klingelt. Sie geht bestimmt gleich ran.

Einen Augenblick noch.

Ich soll Sie schön grüßen, und es heißt Tabaskosoße.

Wo war ich? Ach ja.

Richtig Mühe hat sie sich gegeben und sogar Tofuklopse und Entgiftungstee gemacht. Es war eben nur so, dass das nicht ganz den Geschmack der Männer traf. Als ich auf der Baustelle ankam, waren die Maurer gerade dabei, das Auto zu beladen. «Frau Bergmann, wir fahren erst mal frühstücken. Wir kommen wieder, wenn die Tante mit dem Fliedertee weg ist.»

Ich habe mit Engelszungen auf sie einreden müssen, dass sie nach dem richtigen Frühstück auch ja weitermachen. Kirsten habe ich einen Vortrag gehalten, der es in sich gehabt hat. «Du bist doch wohl meschugge, Mädchen. Denkst du denn überhaupt nicht nach? Du verscheuchst noch die Männer mit deinem Kokolores, und was passiert dann? Ich bekoche die und gebe ihnen sogar ein Feierabendbier mit auf den Weg, und du machst alles kaputt. Ich sehe es schon kommen, die werden mit dem Rohbau nicht rechtzeitig fertig, und der Zimmermann kann nicht mit dem Dachstuhl anfangen. Der Termin mit dem Dachdecker ist fest vereinbart, Kirsten! Das Dach muss vor dem Winter drauf! Das Haus muss einmal Frost kriegen und richtig trocknen, sonst hat man ein Leben lang Schimmel auf dem Eingeweckten!»

Ganz kleinlaut war se, meine Kirsten. Ich machte zur Sicherheit noch einen Rundgang durch den Rohbau und kontrollierte die angefangenen Mauern. Vorsicht ist die Mutter der Porzellankiste. Ich kenne Kirsten, wenn die einen Windhauch spürt, murmelt die was von Energiefluss und lässt die Wände versetzen, und man kommt ohne Hausflur in die Schlafstube, und die Wohnstube ist im Keller.

Kirsten kann Energie nämlich fühlen und umleiten. Als ich zu ihr sagte: «Dann fass mal an die Wand, und wir kochen Kaffee mit Nachbars Strom» murrte sie aber, dass sie es anders meint und mir «der Zugang zu solchen Dingen» fehlte. Das ist auch gut so, wenn Se mich fragen. Und überhaupt, «stockender Energiefluss». Was die da immer für einen Stuss erzählt, ich habe seit JAHRZEHNTEN Wattenfall, und die Energie fließt einwandfrei, sogar, wenn ich den Staubsauger und die Waschmaschine zusammen anhabe.

Ich habe der Frau Schlode den Postboten vorgestellt, aber sie will nicht mit ihm ausgehen. Dabei würde es von der Größe her passen.

Je mehr der Steinhaufen als Haus zu erkennen war, umso deutlicher musste man es sagen: Die Lage war wirklich herrlich. Nicht weit zum Bus, aber trotzdem ist die Straße ruhig, und hintenraus beginnt auch schon das Grüne. Es will gut überlegt sein, ob man sich ein eigenes Haus mit Garten ans Bein bindet! So ein Grundstück macht viel Arbeit, man darf das nicht unterschätzen. Als Mieter hat man gut reden, man macht die Hausordnung, putzt die Fenster und guckt, dass es um die Aschkübel auf dem Hof halbwegs ordentlich aussieht. Höchstens, dass man im Winter noch Schnee schippen muss, aber ich frage Sie: Wann hatten wir denn das letzte Mal Schnee? Wenn der Wasserhahn leckt, die Heizung stottert oder die Toilette verstopft ist, ruft man den Hausmeister. Das können Se alles nicht machen, wenn Se selbst ein Haus haben. Da heißt es «Ärmel hochkrempeln». Auf einem großen Grundstück muss man schnell sein, um die Nase vorn zu haben. Unkraut und Verfall sind schneller als die 100-m-Läufer beim Olympia, das sage ich Ihnen! Aber was rede ich schon von Verfall, noch stand das Haus ja nicht einmal. Dennoch musste man alles mit bedenken.

Wir hatten alles offen und ehrlich angesprochen, diskutiert und uns zum Neubau entschlossen.

Es gibt nur einen wirklich bösen Haken: Das Grundstück liegt nur 300 Meter vom Kindergarten weg, in dem die Schlode Dienst tut. Sie kennen Frau Schlode? Falls nicht, kann ich rasch ein paar Worte zu ihr sagen, es macht gar keine Mühe! Nur wenige Sätze und Sie sind im Bilde, passen Se auf:

Cornelia Schlode ist Kindergärtnerin und singt für ihr Leben gern. Nun heißt es ja: «Wo man singt, da lass dich nieder, böse Menschen kennen keine Lieder», aber im Falle von Frau Schlode muss ich da warnen. Sie ist kein böser Mensch, nein, aber sie kennt viele Lieder, und vor allem zu jedem Lied ganz, ganz viel Strophen. Vormittags singt sie mit den Kindergartenkindern, und da sie das wohl nicht auslastet, leitet sie nach Feierabend die Blockflötengruppe, die Kindertanzgruppe und sogar den Männerchor. Ich bin für Gesang und Kultur, dass Se mich da nicht falsch verstehen, aber es ist alles eine Frage der Dosis. Bei mir muss Abwechslung dabei sein! Ich kaufe auch nicht nur eine Sorte Wurst, sondern von jeder zwei Scheiben. Genauso müssen zwei Strophen von «Ein Männlein steht im Walde» reichen. Aber Frau Schlode findet nur schwer ein Ende.

Wie gesagt, der Kindergarten war gleich ums Eck von unserem Bau, und da die kleinen Geister jeden Tag an die frische Luft müssen … Kaum hatten wir die Baugrube ausgehoben, lungerte die Dame schon auf der Baustelle rum. Erst scharwenzelte die Schlode alleine umher, um auszuspähen, was es zu sehen gab, aber am nächsten Tag kam sie mit den Blagen. Ich sah das Unheil schon am Horizont aufziehen, und jawoll, ich sollte recht behalten – kaum, dass der erste Maurer erschien, stand eine Stunde später Cornelia Schlode mit dem Kindergartenchor da und trällerte «Wer will fleißige Handwerker sehen».

Das Lied hat ja sehr viele Strophen, und es ist für jeden was dabei: Die Maurer werden besungen, die Glaser und auch die Dachdecker. Nur Elektriker, Gas-Wasser-Installateure und Teppichleger haben keinen eigenen Text.

Eigentlich.

Kindergesang hin oder her, das geht ja alles von der Zeit ab, und Zeit ist knapp und kostbar! Eine Handwerkerstunde kostet bald so viel wie einmal Tanken, da können die nicht strophenlang den Engelchen beim Trällern zuhören, jedenfalls nicht auf Rechnung von Renate Bergmann. Man muss so aufpassen! Es war schon richtig, dass immer mindestens zwei von uns Alten vor Ort waren. Nicht nur, dass vielleicht sonst noch Diebe unsere Steine auf den Hänger verladen hätten, nee, den größeren finanzielle Schaden hätte die Schlode angerichtet mit ihrem Singsang. Die lenkte bloß die Handwerker ab, und die vernachlässigten die Arbeit. Irgendwann, nach einer knappen halben Stunde, wenn se mit allen Gewerken durch war und die kleine Sarah-Dschehn weinte, weil sie kalte Füße hatte, dirigierte die Schlode noch mal die erste Strophe an, die mit den Handwerkern, die gerade zuhörten. Damit kratzte sie sich noch mal richtig bei denen ein. Eine furchtbare Person! Die war ganz versessen darauf, mir die Leute für den einen oder anderen kleinen «freiwilligen» Arbeitseinsatz im Kindergarten abspenstig zu machen. Ich kann sie ja verstehen, wissen Se, da regnete es durch, auf der Toilette bröselte der Putz, na, und wenn wegen der Heizung mal jemand guckte, war denen auch schon geholfen. Der Hausmeister war nämlich ein Hallodri, der nichts taugte. Der wischte den lieben langen Tag auf seinem Scheibchentelefon Frauen nach links oder rechts, je nachdem, ob sie ihm gefielen oder nicht. Ansonsten brüllte er nur, die Kinder sollten nicht auf den Rasen latschen und still sein. Ich kann es der Schlode nicht mal verdenken, dass sie hier ihre Schangse ergriff. Sie versuchte ihr Glück auch bei der Stadt und bei ihren Kindergartenträgern, aber selbst, wenn die mal das Geld für eine Reparatur beisammenhatten, mangelte es an Fachleuten, die zupacken konnten. Jedoch hier bei uns auf dem Bau die Handwerker abzuwerben, das war unanständig. Ich nehme auch nicht bei LIDL das letzte Päckchen Persil aus einem fremden Einkaufswagen!

Jedenfalls nicht, wenn einer guckt.

«Frau Schlode» sagte ich klar und entschlossen, «Frau Schlode, so geht das nicht. Wir sind hier eine Baustelle und müssen vorankommen. Sie können die Männer nicht jeden Tag von der Arbeit abhalten.» Es war mittlerweile zu einer Gewohnheit geworden, dass die, nachdem die Kinder gefrühstückt hatten, an unserem Bau vorbeikamen. Das ist ja auch schön und gut, so können die Kleinen was über Handwerker lernen und was ein Glaser macht. Ich bin da sehr dafür. So wird der Nachwuchs an die guten, alten, ehrlichen Handwerksberufe herangeführt, daran, dass es Freude macht, mit seiner Hände Arbeit was zu schaffen. Wenn man nicht aufpasst, wollen die sonst alle Popmodel werden oder Topstar. Aber es musste doch nicht so ausarten. Wie zufällig hatte die Cornelia Schlode auf einmal eine Triangel in der Hand, und ich sage es Ihnen, so wahr ich hier sitze: Ich war richtiggehend froh, dass wir kein Klavier auf der Baustelle hatten. Nee, mit der Schlode muss man Klartext reden, mit durch die Blume wohlplatzierten Worten erreicht man bei der nichts. Zum Glück hatten die hinten raus immer Zeitdruck, im Kindergarten essen sie ja immer schon sehr früh. Meist schon vor um elf. Schlimmer als im Altenheim. Die kriegen, soweit ich weiß, ihre Asiletten auch von der gleichen Räderessenfirma, bloß mit rohem Gemüse statt gedünstetem. Wegen der Verdauung, wenn Se verstehen, was ich meine. Die Firma kocht sogar fürs Krankenhaus, was mich wundert: Da geben se Millionen aus für die Kliniken und kaufen teure Beatmungsmaschinen, und dann füttern se einen mit Essen, von dem man eingeht.

Als ich so darüber nachsann, fiel mir Elfie Hecht ein. Elfie kenne ich aus Reichsbahnzeiten, ach, was haben wir zusammen gefeiert! Da wurden Feste ja noch ganz anders begangen. Ob nun Frauentag, Tag des Eisenbahners oder Betriebsfest, das war bei uns immer im großen «Saal des Bahnarbeiters». Erst gab es Reden und Orden, später Sekt und Buffet, und die Musik hat zum Tanz aufgespielt. Wenn Elfie Hecht dabei war, ging es bei der Polonaise über Tische und Bänke. Die hat auch den Männern gleich eins auf die Finger gegeben, wenn die unverschämt wurden und beim Tanzen an den BH fassten. Oder so.

Elfie war früher Bauingenieurin bei der Bahn und hat Brücken geplant und den Bau überwacht, die Frau ist vom Fach, sach ich Ihnen! Die kann auch mit Technik und weiß, wie man mit Handwerkern umspringen muss. Sie war den Umgang mit Bauarbeitern gewohnt und hatte einen Ton an sich, Sie, ich sage Ihnen, vor der haben se alle gekuscht! Im Grunde war so ein Häuslebau geradezu lächerlich im Vergleich zur großen Bahnbrücke – viergleisig! – bei Bad Brammbach, und eigentlich hatten wir hier auch alles im Griff.

Aber es konnte nun auch nicht schaden, wenn sie als Fachfrau noch mal einen Blick auf alles warf.

Ich bin also hin ins «Haus Abendsonne», um mich nach Elfie zu erkundigen. Erst mal ganz unverbindlich, wissen Se. Es hätte ja auch sein können, dass sie mittlerweile an die Schnabeltasse gefesselt ist, dann hätte ich natürlich davon abgesehen. Aber denkste, die Hecht war noch gut beieinander, sie braucht zwar ihr Gehwägelchen, aber sie weiß noch den Weg allein und ist auch im Oberstübchen klar wie ein Gebirgsfluss. Die kennt sogar «27 senkrecht, 14 Buchstaben: Fluss in Südamerika».

Ich machte mit ihr aus, dass sie die Baustelle begeht. Man verwurschtelt sich oft in seinem Schlendrian und pusselt sich fest, erst recht, wenn sich alle nett finden. Erfolg hat man aber nur mit Zuckerbrot UND Peitsche, also in unserem Fall mit Hackepeterbrötchen UND Elfie Hecht.

Die haben da im «Haus Abendsonne» ja ganz offenen Vollzug, nur manche, die ein bisschen durcheinander sind, dürfen bloß mit Begleitung raus. Elfie hingegen muss nur sagen, wo sie hingeht, sie kriegt ohne Probleme Ausgang. Die Schwester am Empfang schreibt es auf, wann Elfie ungefähr wieder zurück sein will, damit se nach ihr suchen können, wenn sie abgängig ist. Trotzdem gab Elfie lieber an, dass sie zur Massage trollert mit ihrem Rollator. Die Wahrheit – «Ich mache die Bauaufsicht bei Renate Bergmann» – hätte doch nur dusselige Nachfragen verursacht. Also büxte Elfie sozusagen aus dem Heim aus, um uns zu helfen, hihi.

Sie machte tüchtig Eindruck auf die Bauarbeiter, das kann ich Ihnen sagen! Erst dachte der Maurer-Kalle, Elfie wäre bloß eine alte Tante und würde noch mehr trockenen Rührkuchen zum Vespern bringen, wie sie ihn schon von meiner Ilse reichlich hatten, aber als Elfie das Schlaglot rausholte und mit der Wasserwaage kontrollierte, ob seine Wand auch wirklich ganz grade war, kratzte der sich mit dem Zimmermannsbleistift am Ohr und wurde hellwach. Als Elfie ihn anfuhr, weil sie auf drei Meter Mauerlänge eine Abweichung von vier Millimeter rausgekriegt hatte, nahm der aber Haltung an.

Das wollte der nicht auf seiner Maurerehre sitzen lassen, und sie fachsimpelten lange mit Wörtern wie «Keilschalzwinge» und «Schalungsklemme», von denen ich nichts verstand, aber das ist ja nun auch egal. Wichtig war nur, dass hier alles zügig und gut voranging und dass die Hütte vernünftig stand und nicht beim ersten kleinen Sturm in sich zusammenfiel, nich wahr?

Nee, Elfie war Gold wert. Sie verscheuchte auch die Schlode, und schon dafür hatte es sich gelohnt, sie «ins Boot zu holen», wie man heute sagt. Elfie raunzte die in einem Ton an, den ich beim besten Willen nicht anschlagen kann. Meine Mutter hat mich zu einem anständigen Menschen erzogen, aber wie ich Ihnen schon sagte, auf dem Bau spricht man eine deutliche Sprache, die nicht sehr blumig ist. Dass sie auf der Baustelle nichts zu suchen hätte, fuhr sie die Schlode an und verfügte, dass der Kinderchor vor der Grundstücksgrenze stehen zu bleiben hatte. Außerdem mussten alle einen Bauhelm tragen. Das war an sich kein Problem, weil der Kindergarten die vorrätig hatte. Als allerdings durch das Helmgetausche nach einer Woche die Läuse rumgingen, verboten die ersten Eltern, dass ihre Kinder mitsingen durften, Mutter Strohmeier voneweg. Nun wurde nicht mehr getanzt und nur mit halber Kraft gesungen, das war schon ein Fortschritt. Elfie war Kindergesang gegenüber genauso verhalten begeistert wie ich. Die Schlode stand mit ihrem Restchor vor dem gelben Absperrband, das Elfie gespannt hatte, und sang schon wieder ein Aufbaulied, als es der Hecht reichte. Sie schaltete den Betonmischer an und ließ den Lehrling zwei Schippen Kieselsteine einwerfen. Wir hatten zwar nicht sofort Ruhe, im Gegenteil, der Mischer lärmte schrecklich. Die Maurer brüllten, die Kinder sangen und jeder wollte lauter sein als der andere. Aber dann …! Die Schlode verlor schon nach ein paar Minuten die Geduld und zog mit den Kindlein von dannen. Bis zum Richtfest ließ die sich nicht mehr blicken. Es war eine Wohltat, sage ich Ihnen. Und nicht nur das, auch der Bau ging viel zügiger voran, seit die Männer nicht mehr mitzuklatschen hatten.

Ich lese so oft von Maschinen mit künstlicher Intelligenz. Aber dann stehe ich vor so einem Fahrkartenautomaten und denke, es dauert vielleicht noch ein bisschen.

Stefan war uns recht dankbar, dass wir ein Auge auf den Baufortschritt hatten und ein bisschen mit anpackten, das können Se glauben. Der Junge war doch total überfordert! Er hat ja schon so im Büro genug zu tun mit seinem Computergeklopfe. Was meinen Se, was der für Überstunden machen muss, wenn wieder mal Updät ist oder so was. Oder sie stellen die Software um. Seit der da arbeitet, stellen die die Software um. Die werden nie fertig. Ich weiß gar nicht, was die da herstellen, aber auf jeden Fall stellen sie Software um. Der arme Stefan. Der ist auch immer an allem schuld, selbst, wenn die dusselige Sekretärin das falsche Papier in den Drucker gelegt hat oder ein Kabel von ihrem Computer ab ist. Dann muss Stefan sofort seine Arbeit stehen- und liegenlassen, weil die ein Geschrei macht, als würde die Welt stehenbleiben, «weil nichts in diesem Hause funktioniert», und er muss es richten. Der Junge kommt kaum zu seinen Aufgaben, und ihm bleibt nichts anderes übrig, als Überstunden zu machen.

Wissen Se, auf dem Bau braucht man jede Hand, die mit anpacken kann. Wie oft habe ich auf Stefan eingeredet, dass er seine Kollegen auch mal einen Sonnabend ranholen soll. Auch, wenn diese Computerfritzen alle nicht mauern können – es gibt immer was zu tun! Es muss aufgeräumt werden, olle Pappe oder das Holz von den Paletten gehören beräumt und weggefahren, Sand und Kies wollen gekarrt werden … ach, wer ein bisschen ein Auge für solche Sachen hat, der sieht doch die Arbeit und packt von sich aus mit an! Ich habe nach dem Krieg Steine geklopft, ich weiß doch, was los ist. Damals haben alle mit zugepackt, vom jungschen Backfisch bis zur alten Frau. Jede hat geholfen, wie sie konnte, und keine von uns hatte das als Beruf gelernt. Wir Trümmerfrauen haben Schutt geschippt und Steine geklopft, wir haben sie geschleppt und gestapelt, bis wir Blutblasen unter den Schwielen an den Händen hatten. Die alten Frauen, die es so im Rücken hatten, dass sie nicht mehr mit zupacken konnten, haben Tee und Suppe gebracht – was anderes gab es ja nicht! Für ein Pfund Kartoffeln sind wir mit bloßen Füßen durch ganz Berlin gelaufen. Die ollen Weiber haben die Pferde gefüttert, mit denen die Steine abgekarrt wurden. Die Männer waren ja alle im Krieg geblieben, und die wenigen, die noch da waren, waren zu nichts zu gebrauchen. Das hatte schon seinen Grund, dass die nicht eingezogen worden waren. Die lahmten, waren alt oder lala im Kopp. Die wenigen, die den Krieg überlebt hatten und nach Hause kamen, mussten erst mal wieder aufgepäp-

pelt werden, die waren ja völlig entkräftet und klapper-
dürr!

Ach, es war eine schwere Zeit, aber zusammen haben
wir angepackt und das Beste aus dem gemacht, was die
Bomben uns gelassen hatten. Natürlich hatten Se da
auch schon welche dabei, die, statt Steine zu kloppen,
lieber ihre Blasen bejammerten. Aber es gab zum Glück
noch kein Händi. Hätten wir das schon gehabt, ich sage
Ihnen, Mechthild Blesshuhn hätte den halben Tag mit
gerafftem Rock für Fotos posiert und die im Internetz
hochgezeigt. Die wäre Influenza geworden, das ist so
sicher wie das Amen in der Kirche. So bändelte sie nur
mit den amerikanischen Soldaten an. Ein ganz lieder-
liches Ding war das. Die musste jeden Abend untenrum
Spülungen machen, weil es ihr brannte. So was gab es
damals auch schon, das kann ich Ihnen sagen!

An einem Wochenende brachte Stefan dann tatsächlich drei Kollegen an, die helfen wollten. Ich hatte schon
nicht mehr dran geglaubt. Die Uhr ging auf halb elf, als
ein Auto hielt und drei schmächtige Herren mit fahler
Haut ausstiegen. Ich traute meinen Augen kaum und
musste mir ein Lachen verkneifen – die hatten nicht mal
festes Schuhwerk an! Denken Se nur, einer kam mit Sandaletten und zwei trugen Turnschuhe. «Halt den Mund,
Renate, die Jungens sind freiwillig und als Helfer hier,
denen darfst du nicht gleich mit Belehrungen kommen»,
dachte ich bei mir, aber Gunter Herbst nahm die Herren gleich Maß. Er ließ sie bei sich im Bauschuppen antreten und wies sie an, Stahlkappenschuhe anzuziehen.

Ilse sprühte die jeden Abend mit Fußspray aus wie auf der Kegelbahn, da können Se ganz beruhigt sein. Gunter wäre das egal gewesen, der ist nicht der reinlichste Mensch, müssen Se wissen. Jedenfalls guckten die drei Kollegen vom Stefan nicht schlecht. Einer war so ein spacker Hering, für den waren die Stahlkappenschuhe bald schon Last genug, viel mehr konnte der gar nicht tragen. Diese Computermenschen! Die sitzen tagelang in ihren Büros und klimpern manchmal auch Nächte durch auf ihren Tastaturen rum, essen zwischendurch Pizza aus Pappkartons und trinken Cola aus 2-Liter-Flaschen. Davon kriegt man doch Magengeschwür! Licht können die auch nicht ab, die sind alle ganz blass und kriegen sofort rote Pusteln, wenn sie fünf Minuten Sonnenstrahlen ertragen müssen.

Kennen Sie diese Blumen aus dem Schwedenmarkt? Die, die in der Halle bei Kunstlicht ganz prächtig aussehen, aber sobald man damit hinter der Kasse ist, lassen se die ersten Blätter fallen. Zu Hause gehen die trotz bester Pflege nach ein paar Wochen ein, weil sie nämlich außerhalb ihrer Gewächshaustemperaturen gar nicht klarkommen. So waren die Kollegen von Stefan auch. Einer sollte Kies vom großen Haufen an den Mischer ranfahren. Gunter schippte ihm die erste Fuhre noch tüchtig voll, und der Hannes – so hieß er, glaube ich – biss die Zähne zusammen und schaffte es mit letzter Kraft mit der Karre bis zum Kieshaufen. Beim Auskippen vergaß er jedoch, sie loszulassen, flog hinter der Last hinterher und schlug bäuchlings auf dem Sand auf.

Von da an durfte Gunter die Karre nur noch halbvoll schippen, damit der Hannes es schaffte. Es ging leidlich gut, aber die Kräfte schwanden von Fuhre zu Fuhre. Er schwitzte und musste sich alle naselang die Suppe von der Stirn wischen, da half auch kein Körperspray.

Derweil hatte der andere, der blasse Blonde, schon damit zu tun, nicht aus den Stahlkappenschuhen zu klappen. Er sollte mit Kurt Terrazzoplatten umstapeln, aber die meiste Zeit saß er im Schneidersitz da, kippte sich den Sand aus den Schuhen und guckte, während Kurt allein stoisch eine Platte nach der anderen trug.

Der Dritte – den Namen habe ich mir nicht gemerkt, diese jungen Leute heißen doch alle gleich – fasste erst gar nicht zu, sondern faselte die ganze Zeit, man müsste erst einen Projektplan machen. Er würde Excelschiet programmieren, wo dann Meilensteine, Verantwortlichkeiten und Termine abzulesen wären. Wir wären alle eine Ressource und sollten ihm ansagen, welche Qualifikation wir hätten, wann wir wie lange auf dem Bau zur Verfügung stehen würden und so einen Quatsch. Nachdem Ilse ihre Arzttermine angesagt hatte und wann sie zum Friseur muss, meinte er, das würde die Dimension von seinem Schiet überschreiten und er müsste noch mal neu nachdenken. Spätestens da hatte ich verstanden, weshalb die den Flughafen nicht fertig kriegen hier in Berlin: zu viele Leute mit zu viel Schiet!

Gegen eins, als es auf Mittag ging, musste Ilse Blasenpflaster verkleben, und wenig später fiel den Herren auch schon ein, dass sie noch wichtige Termine hatten.

Sie bekamen einen Teller Erbsensuppe und verschwanden so schnell, wie sie gekommen waren.

Nee, der Stefan war nicht zu beneiden. Auf der Arbeit stand er, nach allem, was wir gesehen hatten, wohl fast alleine da, auf dem Bau hatte er die Herren Kalle, Bogdan und eine Rentner-Brigade, na, und daheim ein kleines Mädchen im Fragealter und die schwangere Ariane auf dem Kanapee, der er jeden Abend besonderes Essen zu besorgen hatte. Es war eine sehr spezielle Schwangerschaft, wenn Se mich fragen. Ariane überwandt weder die Übelkeit noch die merkwürdigen Gelüste. Es gibt ja heutzutage schon viele Lieferdienste, die einem alles Mögliche ins Haus bringen, wenn man zu faul zum Kochen ist (was meinen Se, was allein die Berber hier alles vorfahren lässt!), aber Ariane hatte einen Tag Appetit auf Gänsebraten mit Schokoladensoße und am nächsten Tag auf Schmalzstullen mit Pastinakenpüree, das Kirsten im Thermomischer auf Vorrat fabriziert und von dem ich so sauer aufstoßen muss. So was liefert einem ja kein Chinese und kein Pizzamann, da hatte Stefan sein Tun.

Ich kenne das so, dass man nur in den ersten zwei, drei Monaten Heißhunger hat. Aber Ariane futterte die ganze Schwangerschaft über alles durcheinander wie eine Raupe auf dem Komposthaufen. Morgens Schlachteplatte und dazu Gummibärchen und Schaumküsse. Mittags konnte sie das nicht mal angucken, bestritt, es je angerührt zu haben und würgte, sobald man es nur erwähnte.

Nur eins blieb die ganze Zeit über – ihr Appetit auf Himbeereis. Stefan kaufte das Zeug im Großhandel im 5-Liter-Eimer. Er nascht das auch gern, wissen Se. Da wurde Ariane aber zur Furie, als sie das mitbekam. Es ist ja unglaublich, was die Hormone mit der Frau machten. Sie fragte mich nach Tupperbüchsen, was mein Hausfrauenherz freudig zur Kenntnis nahm – und füllte das Himbeereis darin ab. Sie beklebte es mit Pflaster und schrieb Sachen drauf, die Stefan nicht isst: Porreegemüse, Pilze und Kopfsülze. Da macht er lange Zähne, da geht der nicht dran. Und auf eine eiserne Reservebüchse schrieb sie sogar «PLAZENTA» und versteckte sie ganz, ganz unten in der Gefriertruhe, noch unter den Forellen. Auch davon ließe er ganz sicher ab. Hihi.

Ja, und dazu die kleine Lisbeth, die versorgt werden musste, und der Bau obendrein. Der Junge war ganz blass und nahm bereitwillig jede Hilfe an, die es von uns Alten gab. Sei es, dass eine von uns Omas die Lisbeth vom Kindergarten abholte und beschäftigte oder dass wir einen Blick auf die Bauarbeiten hatten. Vertrauen ist gut, Renate ist besser. So weit kommt es noch, dass wir die da vor sich hin wurschteln ließen! Nee, nee, es hat noch nie geschadet, einen Blick auf alle Finger zu haben. Unsere wirklich große Stunde würde natürlich kommen, wenn es darum ging, eine ordentliche Standuhr auszusuchen und den Garten anlegen zu lassen. Aber bis dahin war noch viel zu machen.

Wir waren noch schnell im Baumarkt

Eigentlich feiert man ein Richtfest, wenn der Dachstuhl drauf ist, aber wir hatten erst den Maurern und gleich danach den Zimmerleuten so Feuer unter dem Hintern gemacht, dass die schon früher fertig geworden waren. Und wie das Leben so spielt, die Dachdecker hatten kurzfristig eine Lücke und konnten gleich im Anschluss loslegen. Die waren eigentlich ausgebucht, aber da dem Löschmeier, dem sie in der Zeit eigentlich hatten aufs Dach steigen wollen, die Frau durchgebrannt war, hatte der nicht mehr recht Lust, weiterzubauen. Diese Schangse musste man doch ergreifen und die Herren aufs eigene Dach steigen lassen! Wir hatten gar keine Zeit, das Richtfest gleich nach dem Dachstuhl zu feiern, und vertagten das einfach. Es wäre auch schöner, wenn Ariane als Bauherrin dabei sein konnte, schon deshalb machte das Sinn, alte Sitte hin oder her.

Die Dachdecker waren so fix, das glauben Se nicht. Ich konnte ja gar nicht hinschauen. Die warfen sich die Dachziegel zu und turnten ohne Seil in luftiger Höhe rum! Wenn den Jungens was passiert wäre, nee, ich wäre ja meinen Lebtag nicht mehr froh geworden. Soweit man das von unten sehen konnte, verkeilten die sich mit den Füßen an den Dachlatten und balancierten wie die Hochseilartisten von einer Ecke zur anderen. Da wurde einem schon allein vom Hingucken ganz schwindelig! Mir düselt es sowieso immer im Kopp, wenn ich zu lange nach oben gucke. Das hat die Natur schon richtig eingerichtet, es ist nämlich nicht gut, die Nase zu hoch zu tragen. Jedenfalls nahmen Gertrud und ich beim Kochen einen kleinen Korn für den Kreislauf, dann ging es wieder. Der Meister meinte ja, ich soll mich von der Baustelle entfernen und seine Jungs nicht mit meinem Mittagessen vom Arbeiten abhalten. Er sagte es aber mit einem Schmunzeln, und da ja wohl jedem Arbeiter eine halbe Stunde Mittag zusteht, ließ ich den plappern und rief um zwölf zu Kotelett mit brauner Soße, Salzkartoffeln und Mischgemüse. Was meinen Se, wie die zugelangt haben! Der Ronny in seiner feschen Zimmermannsuniform knabberte die Knochen so sauber, dass Norbert ganz traurig guckte. Norbert ist der Doberschnauzer meiner Freundin Gertrud, ich glaube, von dem habe ich noch gar nicht erzählt. Doch? Na, doppelt hält besser. Da blieb nicht mal Knorpel am Knochen! Das gute Essen spornte die Jungs nur noch mehr an, und so war nach nicht mal zwei Tagen das Dach drauf. Ja, sicher, die Kleinigkeiten zogen sich noch ein bisschen hin, das ist ja immer so. Auch beim Stricken! Wenn man denkt, man hat den Rücken, die Ärmel und die Brustseite beisammen, geht es erst richtig los und es kommen die Arbeiten, die aufhalten. Es muss vernäht werden, und dann ist die Frage, ob Plattstich, gewebte Naht oder Matratzenstich, die Bündchen müssen angepasst werden … das dauert meist länger als das Stricken der großen Flächen. So ist das beim Dachdecken auch. Wenn es von unten schon fertig aussieht, muss man noch die Firste verlegen, die Kanten schön sauber abschließen, darauf achten, dass der Schornstein auch richtig passt, damit da kein Wasser reinläuft – ich bin mir sicher, Sie wissen das (genauer als ich).

Wir wollten einen zweischlotigen Schornstein, dreischalig. Da staunen Se doch, was ich von den Jungs alles gelernt habe, nicht wahr? Ich ließ mir das alles ganz genau erklären, schließlich baut man nur einmal im Leben und dann will man auch wissen, was die einem da auf den Kopf setzen. Auf die Firste hoch und selber gucken konnte ich ja nicht, deshalb befragte ich den Meister. Dreischaliger Schornstein heißt, dass es Mantelgestein aus Leichtbeton gibt, der ein Innenrohr umhüllt, und alles wird ausgestopft mit Dämmung aus Mineralfaser. Das war das Beste, was gerade so verbaut wurde, versicherte mir der Joachim. Ja, eine Renate Bergmann geht den Dingen auf den Grund! Auch Elfie Hecht nickte beipflichtend. Zu meiner Zeit wurde die Dämmung ja noch mit Schafwolle gemacht. Kann man machen, riecht aber manchmal.

Die Nacht vor dem Dachdecken war noch mal kritisch. Wir hatten die Dachziegel anliefern lassen – Frankfurter Pfanne, schiefergrau matt. Sie machen sich ja kein Bild, was die Dinger kosten. Selbst mit dem Blaublüterabatt von Arianes Eltern, die zwar im Sanitärhandel tätig sind, aber trotzdem anderweitig Beziehungen haben und die auch spielen ließen, war das eine Menge Geld. Und Dachziegel sind klein und handlich, die kann man gut verladen … nicht, dass Se nun denken, ich hätte so böse Gedanken. Nein! Ich bin ein gebranntes Kind. Was meinen Se, wie oft uns nach 45, als wir Steine in den Trümmerbergen von Berlin geklopft haben, des Nachts unser Tagwerk geklaut worden ist. Ab auf den Pferdehänger und zack!, weg waren se. Nee, das war zu kritisch, das Material über Nacht unbeaufsichtigt zu lassen.

Sie ahnen ja nicht, was in Berlin eingebrochen und geklaut wird! Die Kriminalpolizei warnt allenthalben und rät dazu, die Wohnungen einbruchssicher zu machen. Deshalb klebt Frau Meiser auch immer einen aktuellen Kontoauszug an den Briefkasten. Sie sagt, dann sehen die schon, dass bei ihr nichts zu holen ist, und sparen sich das Einsteigen.

Allein auf das Auge von Wilma Kuckert zu vertrauen war uns auch zu unsicher. Die erzählt zwar immer, dass sie bei jedem Mucks wach wird, aber Gertrud warnte: Wilma erzählt auch, dass sie Ramipril für den Blutdruck einnimmt, und da Gertrud die Nebenwirkungen von allen gängigen Tabletten auswendig kennt, gab sie zu bedenken, dass man davon schläft wie ein Stein. Das passte auch eher zu den anderen Berichten von Wilma, dass sie nämlich meist schon vor Filmende auf der Couch wegschnobbelt und morgens manchmal erst nach sieben wach wird. Nach sieben!

Nee, das Risiko war zu groß! Wir mussten eine Nachtwache organisieren. Ilse war erst entschieden dagegen, dass Kurt über Nacht wegblieb. Sie hatte aber weniger Angst um ihn als vielmehr davor, dass er des Nachts so nah bei Wilma war, die sich doch sogar schon bei ihm untergehakt hatte. Eifersüchtig isse, nach über 60 Jahren Ehe! Als sie eines Abends unter dem Koyota-Sitz ein fremdes Haarnetz fand, musste der arme Kurt wieder auf dem Holzwolle-Schäselong in der guten Stube schlafen, und sie weinte auf dem Friedhof am Grab ihrer Mutter. Erst, als ich mir das Haarnetz beguckte und es sich eindeutig als Zwiebelnetz herausstellte, ließ sich die arme Ilse beruhigen. Kurt bekam als Entschuldigung sein Lieblingsessen: Kartoffelbällchen. Selbstgemacht, natürlich! Ilse versprach, ein für alle Mal Frieden mit Wilma zu halten. Sie behielt Kurt jedoch trotzdem unter strengster Beobachtung. Außerdem graut sie sich immer davor, alleine zu Hause zu schlafen. Als Kurt bis vor ein paar Jahren noch ab und an zum Nachtangeln fuhr, war das für Ilse schlimmer als Hallowien und Schießfilm-krimi im Fernsehen zusammen.

Aber Kurt sprach mit den Resten der Würde, die Ilse ihm noch gelassen hat, ein Machtwort und sagte, es gäbe keine Diskussion, er und Gunter Herbst würden mit Norbert die Ziegel bewachen. Kurt musste nur verspre-chen, dass er das Händi mitnimmt. Das kann er zwar nicht bedienen, aber es beruhigte Ilse, und das ist es, was zählt.

Der olle Zausel mit seinen 87 Jahren hatte derweil nämlich mit Herrn Bogdan, dem polnischen Mau-rergesellen von Kalle, Freundschaft geschlossen. Ilse schwante schon, dass die beiden Geschäfte aushecken. Der würde nur wieder Böller kaufen, die mehr Lärm machten als der Russe, als er 45 Berlin einnahm.

Ich habe zwar hier und da schon von ihnen erzählt, aber an dieser Stelle muss ich wohl mal ein paar Worte mehr zu Kurt und Ilse sagen. Die Gläsers sind meine aller-engsten Freunde, und ich kann auf sie zählen, wann immer es nötig ist. Sie sind immer mit dabei! Ilse hatte mehr Glück als ich bei Männerauswahl, Kurt ist bis heute an ihrer Seite. Und rüstig für sein Alter! Doch, das muss man sagen. Ein paar Macken hat jeder in unseren Jahren, wissen Se, da ist der Lack ab. Bei mir ist es die Hüfte, bei Ilse ist es das Knie und bei Kurt eben die Augen. Früher haben wir im Bad alle nur zur blauen Dose gegriffen und uns damit eingeschmiert, heute ist es die orange Tube. Voltaren statt Nivea.

Seit über 60 Jahren sind Gläsers nun verehelicht und unter dem Strich ein glückliches Paar. Sie sind noch gut in Schuss für ihre Lenze. Ilse kocht und wäscht alles selbst und Kurt fährt noch Auto. Sie sind viel unterwegs. Bis nach Wittenberg waren Gläsers letztes Jahr. Das ist nicht weit von Berlin, nicht mal hundert Kilometer. Das kann man gut schaffen an einem Tag, jedenfalls, wenn man beizeiten losfährt. Kennen Se Wittenberg? Da hat der olle Luther seinerzeit seine Prothese an die Kirchentür geschlagen.

Seit Anbeginn der Ehe versucht Ilse nun, Kurt davon abzuhalten, was in der Küche anzufassen. Aber er meint es gut, gibt sich Mühe und besteht darauf, ihr hier und da zur Hand zu gehen, erst recht, seit er Rentner ist und mit sich und seiner Zeit nicht immer etwas anzufangen weiß.

Wenn Ilse beispielsweise mit mir telefoniert, wird Kurt ganz unruhig. Da hat er Angst, dass er was nicht mitkriegt. Er ist neugierig wie ein olles Waschweib. Dass sich seine Ilse mal für ein Viertelstündchen nicht ihm, sondern mir widmet, macht ihn zusätzlich rasend. Da sind Männer ja nicht anders als Hunde, und sie können es genauso wenig verbergen. Kurt springt auf und wuselt unbeaufsichtigt in der Küche rum. Er ruft ständig in das Telefonat rein, wie lange denn die Kartoffeln noch müssen und dass gleich was anbrennt, er würde es schon kommen sehen. Da wird er gnaddelig. Als ob Ilse nicht alles im Griff hätte, wissen Se, die war mit mir in der Haushaltsklasse auf Fräulein Keilers Bräuteschule. Ilse weiß doch, wie man kocht! Letzthin hatte sie Hühnerbrust in der Pfanne; Gläsers achten ein bisschen auf den Schollesserinspiegel und essen auch mal ohne Fleisch, da gibt es dann nur Hühnchen. Als ich angeläutet habe, hat sie sofort auf ganz kleine Flamme gedreht. Trotzdem ist Kurt an den Herd gegangen und fing an, in der Pfanne rumzurühren. «Warte mal, Renate, ich muss hier mal kurz …», sie legte mich auf die Seite, aber ich konnte doch alles hören; «… Kurt! Was machst du denn da? Du weißt doch gar nicht, wann das Hühnchen gut ist!» Davon hat Kurt sich nicht abhalten lassen: «Es ist eine Brust, Ilse. Ich weiß doch, wie sich eine Brust anfühlt, die gut ist!»

Ilse hat dann ganz schnell in den Hörer gesagt, dass sie mich später zurückruft, und aufgelegt. Solche Themen sind ihr immer sehr unangenehm. Da wird sie rot und nestelt sich am Kragen rum, wenn die Sprache drauf kommt. Sie hat an dem Tag auch nicht zurückgerufen und niemals auch nur ein Wort über diese Geschichte verloren.

Einmal im Jahr, nämlich am Hochzeitstag, kocht Kurt. Da lässt er sich nicht von abbringen, er hält das für Romantik. Männer haben da ja nicht immer eine Ader für. Das ist kein Festtag für Ilse, wenn Kurt in der Küche rumfuhrwerkt, das kann ich Ihnen sagen. Sie kennen bestimmt noch Onkel Alfred? Nee, Ekel. Ekel Alfred. Der hat im Fernsehen mal Rotkohl gemacht, da war die gute Else Tetzlaff hinterher auch ganz fertig mit den Nerven und hat geweint. So ähnlich geht es Ilse, wenn der Kurt sich an den Herd stellt.

Kurt macht jedes Jahr zum Hochzeitstag Buletten mit Mischgemüse und Salzkartoffeln, das kann er, nachdem er mehr als 60 Jahre Übung darin hat, halbwegs. Wenn er Hackepeter knetet, werden die Fingernägel auch mal sauber, sagt er, schon deshalb muss das einmal im Jahr sein. Das Mischgemüse hat Ilse ja eingeweckt da, das muss er nur warm machen und Butterschwitze dran, und Kartoffeln schält er sowieso jeden Tag.

Wissen Se, das ist auch so ein Drama. Er und Ilse essen IMMER je drei halbe, aber trotzdem fragt er Ilse jeden Morgen, wie viele sie essen will. Er schält also sechs halbe und noch zwei als Reserve, «für den Topf», die Ilse die Woche über sammelt und von denen sie am Sonnabend – wie jede gute Hausfrau – Bratskartoffeln macht. Kurt schält die Erdäpfel ja immer schon früh und lässt sie eingewässert stehen, damit sich die Stärke setzen kann. Wenn Ilse vormittags mal bei mir ist, weil wir zum Beispiel Pfirsiche einwecken oder Kirschmarmelade kochen, ruft Kurt hier an und fragt, wie viele Kartoffeln

Ilse isst. Ilse sagt, das macht sie wahnsinnig, aber nach so vielen Jahren kann sie ihn eben nicht mehr ändern.

Männer! Ach, es ist doch auch köstlich, wir lachen dann immer, und Ilse ist dankbar und glücklich, dass sie ihren Mann noch hat. Auch, wenn sie jedes Jahr nach dem Hochzeitstag den Maler kommen lassen müssen, damit der die Küche neu streicht, nachdem Kurt gekocht hat.

Ach, der Kurt ist ein Schlingel. Er büxt so oft aus, und alle machen sich Sorgen, weil se denken, der Opa ist tüddelig und weiß den Weg nicht. Dabei macht der das mit Absicht, um mal ein paar Stunden von Ilse wegzukommen. Sie plappert gern und umsorgt ihn mit Liebe, aber manchmal ist Liebe auch erdrückend und einfach zu viel. Ilse hat auch den Weihnachtsstern zu doll gegossen, und er ist eingegangen. Im Gegensatz zu Kurt konnte das Gewächs nämlich nicht ausbüxen. Verstehen Se, was ich meine?

Kurt sagt ja nicht viel. Manche Tage könnte man meinen, der gehört zu den Möbeln. Aber wenn er den Mund aufmacht, sitzt es. Nur ein Wort gibt er von sich, aber mit dem ist alles gesagt. Wenn er gar nichts sagt, hat er was, und es gibt noch Ärger an dem Tag. *Dann* sagt er manchmal einen ganzen Satz, aber den hat er sich gut überlegt. Da reichen ihm ein paar Worte, und alle wissen genau, was er meint und dass eine Diskussion mit ihm keinen Sinn hat. Das Schweigsame liegt bei den Männern in Kurts Familie im Blut; wissen Se, sein Großvater war Leuchtturmwärter auf Fietjesmünde. Der war oft ganze

138

Winter über für sich und hat keinen zum Reden gehabt, und wenn das Fräulein von der Post einmal in der Woche mit dem Boot rübersetzte, na, da haben die auch nicht viel geredet, sondern ... als Kurts Vater unterwegs war, haben sie aber geheiratet, mit Kirche und Blumenkindern und allem Drum und Dran. Er kam dann auch zu ihr aufs Festland.

Und Ilse ist auch nicht ohne Macken. Sie kauft wie ich sehr gern im Angebot. Man kann kräftig sparen, wenn man die Augen offen hält! Und seit dem Euro ist ja die Mark nur noch die Hälfte wert. Die Rente bleibt schmal, wie sie ist, aber die Preise schnellen hoch. Nee, man muss gucken, wie man zurechtkommt. Im Winter, wenn die Zeit ran ist, dass auf den Dörfern hausgeschlachtet wird, fährt Kurt immer mit uns raus zu seinem Karnickelzüchterfreund Hellmut, und wir holen uns da auf Vorrat, was wir so brauchen. Hellmut schlachtet nicht nur Karnickel, sondern auch Schweine und wurstet selbst, ach, das schmeckt doch ganz anders als die Abfälle mit Chemie drin, die se uns in der Kaufhalle als Wurst verkaufen! Na ja. Jedenfalls sind das immer tüchtige Berge von Fleisch, die wir zum Einfrosten fertig machen und in unseren Kühltruhen verstauen. Jeder hat da sein eigenes System, ich schreibe zum Beispiel immer drauf, wann ich es eingefroren habe und was es ist, also zum Beispiel «Gulasch Februar 2019». So finde ich mich am besten zurecht.

Ilse hingegen denkt auch an die Kinder und Enkel und kauft für sie mit. Sie schreibt auf die Gefrierbeutelchen, für wen es sein soll. So weit ist das alles kein Problem, wissen Se, ich würde mich da nicht zurechtfinden, aber Ilse hat alles im Griff. Nur: Letztes Frühjahr gab es den Fall, dass der Wolfgang Geigenzupfer verschwunden ist. Über Wochen suchten sie ihn, überall waren Aushänge, die Zeitung hat berichtet und Fäßbock zeigte ein Foto von ihm hoch, wie er Weihnachten mit einer Flasche Bier unterm Baum dem Fotoknipser zuprostete.

Nun stellen Se sich mal Kurts Gesicht vor, als Ilse ihn zur Gefriertruhe schickte und er mit einer Tüte Rippchen, beschriftet mit «Wolfgang», zurückkam. Eiskalt sei es ihm den Rücken runtergelaufen, hat er erzählt. Seitdem ist das Holzbeil immer im Schuppen verschlossen und er guckt Ilse bis heute skeptisch an, selbst, als der Geigenzupfer wieder von der Busreise nach Karlsbad zurück war und die Rippchen längst an den Wolfgang – so heißt nämlich der Schwiegersohn von den Gläsers – übergeben waren.

Ja, ja, die Gläsers … in unserem Alter hat man ja immer sein Tun, aber oft sucht man sich auch Aufgaben, damit man nicht komplett rammdösig im Kopp wird. Man kann schließlich nicht den ganzen Tag Kreuzworträtsel machen oder aus dem Fenster gucken, das gibt Druckstellen auf den Unterarmen, und die Nachbarn halten einen für neugierig. Da ist so ein Hausbau eine willkommene Abwechslung! Und eins muss man Kurt lassen: Auch, wenn er vorsichtig fährt und seine Zeit braucht – er ist immer rechtzeitig da. Und patent, ich kann Ihnen sagen! Kurt hat eine Taschenuhr mit Handaufzucht, und da die auf die Sekunde richtig geht, ist er immer pünktlich.

Einmal, als Kurt von der Leiter rief: «Ilse, mein Mäuschen» – Kurt nennt Ilse immer Mäuschen, niemals Mama! – «Bring mir doch mal die alte Beißzange», drehte Ilse sich um und rief über den Zaun: «Wilma! Kannst du mal kommen? Kurt braucht dich!», und ging weg. Ach, da haben wir gelacht!

Ich schlief also in der bewussten Dachstein-Nacht bei Ilse. Sie war sehr unruhig und rief im Halbschlaf dreimal nach Kurt. Ich kann für den Mann nur hoffen, dass sie das sonst nicht tut, sonst kommt der ja gar nicht zur Ruhe!

Auch auf dem Bau ging es wohl die ganze Nacht über lebhaft zu: Kurt und Gunter erzählten sich die Heldengeschichten ihrer Väter aus dem Schützengraben. Wilma wurmte, dass ich ihr die Nebenwirkungen ihrer Blutdrucker vorgehalten hatte, und sie hat sich eine große Kanne Bohnenkaffee gebrüht. Sie saß bis zum Morgengrauen hinter ihrer Küchengardine und belauschte die beiden.

Auch Gertrud hat die Nacht kaum ein Auge zugemacht, weil es ohne Norbert «so komisch» war. Sie war schon um sieben raus, das ist ganz ungewöhnlich für sie. Ganz traurig war sie und naschte eine Scheibe Fleischwurst nach der anderen. Als die alle war, rief sie Ilse und mich an.

Fleischwurst heilt ja fast alles. Aber es muss die billige

sein, fragen Se mich nicht, warum. Die schmeckt am besten. Ich kaufe die immer für Katerle. Der kriegt abends eine Stulle mit der billigen Fleischwurst, die verträgt er gut und mäkelt nicht rum. Als ich mal verreist war und Herr Alex ihn gefüttert hat, hat er ganz dünn gemacht. Also, Katerle, auf sein Katzenklo. Ich habe ihm nach der Busreise Kamille in seinen Wassernapf getropft und ein bisschen das Bäuchlein massiert, und dann haben wir beide ein Scheibchen Fleischwurst genascht, und schon ging es wieder. Katerle hatte wieder … es war wieder ganz normal fest.

Sonst sagt Gertrud immer: «Ich hab doch keine Böcke zu melken, was soll ich so früh aus den Federn kriechen?», und steht erst auf, wenn Norbert nach Gassi kläfft. Denken Sie nur, manchmal geht sie unfrisiert und im Morgenmantel mit ihm raus! Sie macht ihre Morgentoilette erst, wenn der Hund pieschern war. Es ist wahrlich eine Schande. Aber die Frau ist erwachsen und muss wissen, was sie tut. Sie soll aber nicht erwarten, dass ich sie im Heim besuche, wenn sie sie mal als verwahrloste alte Dame aufgreifen und einsperren. Genug ist genug!

Ja, jedenfalls war sogar Gertrud früh wach an dem Morgen. Dass sie Angst hatte, würde sie ja nie zugeben. Kurzum, als die Dachdecker um sieben auf die Baustelle kamen, fanden sie die bestbewachten Dachziegel in der Geschichte von Berlin vor. Wir Alten waren zwar alle hundemüde, aber wir konnten uns ja mittags eine Stunde hinlegen.

———————— Und wo verlegen wir das Inlein?————

Die Maler haben ihr Baugerüst direkt bis zum Balkon hoch aufgestellt. Das ist unverantwortlich! Einbrecher könnten da schwuppdiwupp rein. Das reibe ich heute Abend alles mit Schmierseife ein, das sage ich Ihnen!

Wir konnten uns nun um die Planung des Innenausbaus kümmern und genau überlegen, wie es im Haus aussehen sollte.

Wissen Se, nicht, dass wir bisher untätig waren, aber die Arbeiten am Rohbau waren doch beschwerlich, und wir konnten nur hier und da unterstützend zu Hilfe springen. Nun schlug unsere Stunde, wir Alten hatten einiges zu geben und konnten viel mehr machen.

Man hat so seine Beziehungen und kann die eine oder andere davon ruhig mal spielen lassen, wenn es um Baumaterial geht. Eine Hand wäscht die andere! Ich habe durch meine vier Männer Scharen angeheirateter Verwandtschaft, das können Se mir glauben. Das sind so viele, manchmal ruft einer an, und ich muss erst mal zwei Minuten höfliche Konversation machen, bevor ich ein ungefähres Bild vor Augen habe, wer das überhaupt ist.

Der Werner zum Beispiel ist ein Neffe von Franz selig und ein Handelsvertreter für Seife und Kopfwäsche und so Kosmetikzeuch, wissen Se. Der bringt immer Pröbchen mit, die mir aber zu streng riechen. Die Handseife ist auch sehr scharf, die vertrage ich gar nicht. Davon kriege ich Schrunden und ganz trockene Haut. Ich nehme sie, wenn ich die Algen von den Grabsteinen schrubbe. Damit geht der Dreck wie im Nu runter, und ich sage Franz dann immer: «Guck, Franz, das ist ein Gruß von Werner.» Werner ist das ganze Jahr über unterwegs und nächtigt jeden Tag in anderen Hotels. Dafür kommt ja der Betrieb auf, nicht er selbst. Der würde eher im Auto schlafen, als ein Hotel zu bezahlen. Werner ist knauserig, man glaubt es kaum! Er wird nicht schlecht bezahlt, wenn man ihm glauben darf, aber er verlängert sein Salär durch allen möglichen Sparkrams, der schon in Geiz ausartet und worüber man nur den Kopf schütteln kann. Ich bin auch keine, die das Geld zum Fenster rausschmeißt, aber Werner geht mit einem Topf in die Dusche, in dem er den halben Liter Kaltes auffängt, der als Erstes kommt. Damit gießt er die Blumen. Er schraubt in der Gaststätte die Pfefferstreuer auf und stibitzt sogar diesen muffigen Staub und pumpt sich beim IKEA den Mostrich in ein mitgebrachtes Gläschen. Werner trocknet gebrauchte Filtertüten auch und nimmt die mehrmals. Na, man muss bei seinem Geiz wohl froh sein, dass er überhaupt welche kauft und sich nicht mit Toilettenpapier behilft.

Einmal hatte er auch einen kleinen Unfall, bei dem zum Glück nichts Schlimmes passiert ist. Nur Blechschaden, und dafür kam ja auch seine Seifenblasenfirma auf.

Weil er so oft in Hotels ist, tauscht er da die heilen Glühbirnen gegen kaputte aus. Es fehlen einem die Worte und ich möchte damit im Grunde auch nichts zu tun haben, aber andererseits schicke ich dem nun seit bald 40 Jahren zu jedem Geburtstag und Weihnachtsfest Topflappen. Über Topflappen freut sich ja jeder! Da kann man im Gegenzug auch ruhig mal auf sein Angebot eingehen, dass er nämlich den Kindern statt eines Einweihungsgeschenks 80 Energiesparlämpchen spendiert. Ich habe nicht weiter nachgefragt und Stefan und Ariane auch nicht erzählt, woher die Leuchten stammen. Man muss den Dingen manchmal auch ihren Lauf lassen und darf nicht alles hinterfragen. Stefan packte das Sammelsurium der Lämpchen stirnrunzelnd aus den Eierkartons, in die Werner die Leuchten verpackt hatte, und fragte mich verwundert: «Wo hat Onkel Werner *die* denn her?», aber ich zuckte nur mit den Schultern und dachte bei mir: «Junge, du kannst zwar alles essen, aber du musst nicht alles wissen!»

Was Bad und Küche betraf, hatte ich selbstverständlich Arianes Eltern im Kopf. Die Fürstenbergs – genauer gesagt, *von* Fürstenbergs, wissen Se, sind nur verarmter Adel. Nicht, dass Se denken, es gäbe noch eine Verbindung zu Prinzessin Kät nach England oder so. Nee, nee. Die Fürstenbergs handeln mit Sanitärkeramik, da geht es um ganz andere Throne. Ich sage immer «Mit dem Adel ist es wie mit den Kartoffeln – das Beste ist unter der Erde».

Unsereins hat ja nicht groß Kontakt zu den Leuten. Sie wohnen in Leipzig, Ariane fährt hin und wieder mit Stefan und Lisbeth hin, und zwei-, dreimal im Jahr kommen die von Fürstenbergs auch im Auto nach Berlin gebraust. Da ist man als alte Tante natürlich nicht immer dabei. Nur an Lisbeths Geburtstag, da sehen wir uns selbstverständlich. Sollten Se mal sehen, was die Monika da an Geschenken anschleppt! Letztes Jahr kamen sie mit einem Puppenwagen, einem Kaufmannsladen (in dem man mit Schipskarte bezahlen kann!) und einem Plüschtier an, das doppelt so groß war wie Lisbeth selbst und vor dem sie Angst hatte. Die ganze Nacht hat sie geweint. Stefan musste das rosa Trumm raussetzen. Das war ihr nur auch nicht recht, aber als er es «Außengehege» nannte, ging es. Das will man doch auch nicht, ich bitte Sie! An all das Gedöns hatten Monika und Manfred Schleifen und Luftballons mit Flimmer dran gebunden. Der erste Ballon knallte schon im Hausflur, wo sie Bimbambutzemann sangen. Lisbeth ist schon da weinend in ihr Kinderzimmer gerannt. So würde ich es am liebsten auch machen, wenn die Schlode mit dem Chor zum Geburtstag kommt, aber … ab einem gewissen Alter geht das nicht mehr, da muss man es lächelnd und tapfer ertragen. Ich sage Ihnen, das war ein Theater! Während Ariane die Kleine beruhigte und Stefan den Besuch mit Kaffee und Kuchen (selbstverständlich hatte ich meine berühmte Buttercremetorte gebacken!) versorgte, wischte ich im Flur gründlich durch. Dieses Konfetti kriegen Se ja drei kalte Winter lang nicht aus dem Teppichflor, wenn es erst mal eingetreten ist. Das ist fast so schlimm wie der Flimmer von den Weihnachtskugeln. Kennen Se das? Man schmückt die Tanne und ist ganz vorsichtig mit den guten Kugeln, und trotzdem findet man bis ins Frühjahr hinein beim Staubsaugen noch Glitzer, und der Kater glänzt noch im Mai wie eine Discokugel.

Nee, ich muss mich an so einem Tag nicht wichtigtun mit dem auffälligsten und teuersten Geschenk. Viel entscheidender ist doch, was für die Kleine das Beste ist. Und an einen schönen Nachmittag mit «Oma Nate», wie se immer sagt, erinnert sie sich noch lange Zeit. Deshalb schenke ich gerne einen Puppentheater-Gutschein oder so was. Sie ist aber auch in einem niedlichen Plapperalter, sage ich Ihnen, ach, es ist zu putzig: Einmal haben wir einen Fallschirmspringer vom Himmel gleiten sehen, von dem berichtet sie noch immer als «der Fallstromspringer». Sie bringt die Worte ein bisschen durcheinander und sagt sie falsch. Neulich hat sie erzählt, dass die Kindergärtnerin ein Märchen vorgelesen hat. Das hieß «Die prima Stadtmusikanten». Ariane, die besorgte Hubschraubermutti, wollte schon zur Legotherapeutin mit dem Kind, aber da sie ans Bett gefesselt war, wurde aus dem Quatsch zum Glück nichts. Das ist doch auch so liebenswert!

Auch von unserem Theaterbesuch schwärmt Lisbeth

noch immer. Jedem erzählt sie davon, dass ihr der Magier einen Euro aus der Nase gezaubert hat, den sie sogar behalten durfte. Monikas rosa Plüschpony hingegen hat sie nicht einmal angeguckt. Ich habe aus den Ponybeinen übrigens schöne Zugluftstopper genäht, weil es bei den jungen Leuten immer so fußkalt war. Den verbliebenen Ponykopf hat Ariane nicht als Kuschelkissen für Lisbeth erlaubt, sie sagte, das Kind kriegt ein Trauma, wenn es mit einem abgeschnittenen Pferdekopf im Bett schläft. Nun gut, sie ist die Mutter, und ich rede ihr nicht in die Erziehung rein. Da weiß eine Renate Bergmann, wo ihre Grenzen sind. Für Katerle macht er sich aber gut, wissen Se, wenn er mit dem Pferd kuschelt, haart er mir nicht die Paradekissen voll.

Jedenfalls habe ich zu Monika sonst nicht groß Kontakt. Nun wurde es jedoch Zeit, da mal anzuläuten. Bestimmt haben auch die Waschbecken eine lange Lieferzeit. Da gab es keine Zeit mehr zu verlieren.

«Renate!», flötete se mir am Telefon entgegen. «Wie schön, von dir zu hören. Geht es dir gut? Was macht die Hüfte? Ist bei den Kindern alles in Ordnung?»

Freundlich isse ja, da kann man nichts sagen. Nur eben ein bisschen überdreht, und das geht einem auf Dauer ganz schön auf den Frankfurter Kranz. Nee, nur Kranz. Auf den Kranz. Na ja.

Ich sage es Ihnen rundheraus, wir wurden uns rasch handelseinig. Selbstverständlich würden die Eltern beisteuern, was die jungen Leute brauchten, und zwar nicht nur Badewanne, Waschbecken und Toilettenbecken, sondern auch noch die Wasserhähne und die Brause für die Dusche dazu. Wenn Se mal gucken, was das Zeug kostet, wissen Se, was das für eine Hilfe war!

«Renate, wir haben oft mal zweite Wahl dabei, da ist dann eine kleine Luftblase in der Keramik. Aber wer guckt sich denn die Kloschüssel schon von innen an?»

Mir fiel da ja spontan der Manfred ein, Arianes Vater. Also, bei der Taufe von Lisbeth hat der sich nach sechs Glas von meiner Bowle noch mal alles durch den Kopf gehen lassen, wenn Se verstehen, wie ich das meine, und Monika musste ihm ins Bad nachlaufen und die Haare halten, besser gesagt das verbliebene Resthaar. Der hatte sich die Blasen in der Keramik ganz genau angeguckt. Ich sprach das Thema aber nicht am Telefon an. Das will man ja nicht wieder aufwärmen, gerade in der Familie ist man doch darauf bedacht, dass der Frieden erhalten bleibt.

«Ihr schickt mir mal die Pläne vom Architekten und die vom Installateur, und der Manfred stellt euch alles zusammen, was ihr braucht. Da helfen wir gerne. Es müssen ja schließlich keine goldenen Wasserhähne sein.» Das stimmte wohl, was ich allerdings schade fand. Da sieht doch nobel und gediegen aus! Also, für meine Einliegerwohnung würde ich goldfarbene Armaturen nehmen, und wenn ich zuzahlen müsste. Das war mir egal. Jedenfalls für die Badestube, in der Küche nicht. Der Geschmack von Stefan und Ariane war da ja eher schlicht, und man will den jungen Leuten da nicht reinfunken. Sollen sie es ruhig neutral einrichten, so ist man unabhängig und kann es mit schönen Gestecken aus Seidenblumen, mit hübschen Türkränzen aus Salzgebäck und Handtüchern mit Rosenmuster gemütlich einrichten. Ich habe auf den Friedhöfen auch bei allen Männern Sträuße aus Seidenblumen stehen, was meinen Se, wie hinreißend die aussehen. Und was das spart! Alle zwei Wochen nehme ich sie mit nach Hause, wasche sie bei 30 Grad im Schonprogramm durch und tausche sie reihum. Das merkt kein Mensch, und so ist immer Abwechslung auf den Gräbern. Wissen Se, die alten Damen, die da ein Auge drauf haben, wer wem was für ein Bouquet auf das Grab stellt, die können meist sowieso nicht mehr so gut gucken.

«Also, wie gesagt, Renate, du schickst mir die Pläne, wir stellen euch alles zusammen und geben Bescheid. Könnt ihr das von einer Spedition abholen lassen?», fragte Monika.

Ich bitte Sie! Was das kostet! Wozu hatte Kurt denn schließlich eine Anhängerkupplung am Koyota? Wir würden die Throne und goldenen Wasserhähne selber holen!

Sie wissen ja, Kurt sieht nur noch zu 40 %. Heute hat er den neuen Toilettenpapierhalter angebaut. Wir sind dankbar, dass alle gesund sind.

Wissen Se, sobald die Wände stehen, geht es eigentlich erst richtig los auf dem Bau. Da muss dann ständig was geklebt, gebohrt und angedübelt werden. Da kann man noch so gut planen, es fehlt doch immer gerade die Schraube oder der Mörtel, den man in dem Moment braucht! Da kam es gerade recht, dass Gunter und Kurt gleich zu Beginn den kleinen Bauschuppen errichtet hatten.

In einem sind die Handwerker ja alle gleich: Sie können nichts wegschmeißen. Jeder Streifen Teppich, jede Schraube, jedes übriggebliebene Brett muss aufgehoben werden. Das macht Kurt genauso wie Gunter. Kurt hat seine Gartenlaube, die eigentlich eher ein Gerümpelschuppen ist, und Gunter … Gunter ist überall nur als Schuppen-Gunter bekannt. Er hebt jeden Mist auf! Die meisten seiner Schuppen kann er gar nicht mehr betreten, weil sie voll sind wie ein Matrose nach vier Stunden Landgang. Wenn Gunter mal heimgerufen wird und dort aufgeräumt werden muss, na, ich will gar nicht wissen, was *da* alles ans Tageslicht kommt. Immer, wenn er wieder einen Haufen Schraps beieinanderhat, schlägt er vier Pfähle in die Erde, nagelt Platten drauf, schalt ein paar Bretter rundrum und hat flugs schon wieder einen neuen Schuppen. Deshalb nennen ihn die Leute Schuppen-Gunter.

Ilse hält Kurt bei dem Thema an der langen Leine und lässt ihn ausnahmsweise gewähren. Er darf ja nur unter Aufsicht an Strom, deshalb lässt sie ihn wenigstens Teppichreste und Nägel horten und sortieren – jedenfalls so lange, wie man die Gartenlaube noch betreten kann. Wenn das eng wird, ordnet Ilse Aufräumen an, und Kurt muss sich von ein paar Sachen trennen. Meist gibt er viel Plunder aus Metall in den Schrott und sägt ein paar olle Kisten zu Brennholz. Da ist schon viel gewonnen, auch finanziell, wissen Se. Schrott wird doch gut bezahlt heutzutage! Mir haben sie auf dem Friedhof sogar meine Zinkkanne geklaut, und obwohl Stefan meint, es war bestimmt nicht wegen des Schrottwertes, bin ich mir da nicht sicher. Wer auf dem Friedhof klaut, dem sollten die Hände abfallen! Kurt fährt jedenfalls ab und an zwei Hänger Schuppenschrott zum Wertstoffhof. Ilse fährt immer mit, damit Kurt nichts damit anstellt. Ihr geht es aber nicht ums Geld, sie steckt davon dem Enkel was zu, da isse nich so. Ihr liegt vor allem daran, dass wieder Luft im Schuppen ist. Dann ist Ilse zufrieden.

Ja, so sind Männer eben. Aber wir Frauen haben ganz ähnliche Macken. Ilse zum Beispiel schneidert gern. Die hat eine Knopfkiste, so was haben Se noch nicht gesehen! Wenn sie eine Bluse oder einen Mantel näht und

Knöpfe dafür einkauft, nimmt sie natürlich immer zwei mehr, als Reserve, falls mal einer verlorengeht. Tut aber keiner. Nie!

Stattdessen wirft sie die Reserve-Knöpfe in die Kiste zu den vielen, vielen anderen, die da schon drinliegen. Es werden immer mehr. Bevor sie nämlich ein abgetragenes Teil weggibt, schneidet sie die Knöpfe ab und tut sie in ihre Knopfkiste. Ilse kann die nicht mehr anheben, so schwer ist die. Sie hat den Karton vom ersten Buntfernseher dafür aufgehoben. Der ist so groß wie eine Waschmaschine. Schon zu Mauerzeiten hat Kurt mal das Fernsehen angeschrieben, und sie kamen und haben einen Bericht über Ilses Knopfkiste gemacht. Sie wurde bei «Außenseiter, Spitzenreiter» als Frau mit der größten Knöppesammlung zwischen Kap Arkona und Erzgebirge vorgestellt, und ich sage Ihnen, das war *vor* der Wende. Das ist ja nun auch schon wieder 30 Jahre her. Seitdem kamen noch mal gut doppelt so viele hinzu.

Ilse ist auch 82, und wenn wir Glück haben, schenkt uns der Herrgott noch ein paar schöne Jahre. Aber selbst, wenn Ilse von heute an nichts anderes in ihrem Leben mehr tun würde als Knöpfe annähen, würde sie nicht die Hälfte von den Dingern wegschaffen. Trotzdem kann sie sich von keinem einzigen trennen. «Wer weiß, wo der noch mal dranpasst!», sagt sie, wenn das Thema aufkommt. Sie kann zu jedem einzelnen Knopf berichten, wem sie den vom Hosenbund gerissen hat oder wer eine Jacke dazu trägt. (Als ob das wichtig wäre!)

Jedenfalls haben Gunter und Kurt als Allererstes, gleich nachdem die Baugrube ausgebuddelt war und noch bevor die Maurer loslegten, einen Bauschuppen gezimmert, in den sie einen Teil ihrer Schätze einlagerten. Erst haben alle gelacht und über «die alten Opas» sogar die Augen so verdreht, dass man das Weiße sah, aber wie oft griffen die Maurer, die Zimmerleute und alle möglichen anderen Handwerker später auf die Hilfe der beiden zurück. Ob nun einer «Ich brauche mal schnell einen Kabelbinder!», «Wenn ich jetzt ein Stückchen Holzlatte hätte, so 5 cm dick, das würde helfen» oder «Habt ihr vielleicht auch einen halben Stein? Und einen Seitenschneider?» rief – Kurt oder Gunter hatten alles griffbereit!

Am liebsten sprühen se ja beide mit WD-40. Das im so was wie Öl aus der Flasche, das man ü-ber-all drauftun kann. Kurt sagt immer, WD-40 ist das Maggie für Handwerker. Ob die Tür quietscht, das Schloss schwer aufgeht oder die Fahrradkette grintelig ist: Kurt hat sein WD-40 immer griffbereit in der Kitteltasche. So wie Ilse ihr Fenstersprüh. Sie hat ein kleines Fläschchen, da geht nicht mal ein viertel Liter rein. In das füllt sie sich das Fenstersprüh ab und trägt es immer mit sich herum. Wenn sie dann einen Fleck sieht, runzelt sie nur kurz die Stirn, greift in die Schürzentasche, und ZACK, wird dem Dreck der Garaus gemacht. Oft wischt sie auch einfach Kurt hinterher, dessen WD-40 ölige Spuren hinterlassen hat, aber so halten se sich beide gegenseitig auf Trab und haben immer was zu tun.

Aber auch, wenn die Schatzkammer der Männer Gold wert war, so hatten sie natürlich nicht ALLES parat. Wie oft haben wir zum Baumarkt kutschen müssen, der dem Himmel sei Dank nicht weit weg war.

Das ging meist so los, dass einer der Maurer nach etwas schrie: «So'n Ding. So breit, so tief, fünfer Durchmesser, aber nicht länger als siebzich. Vermessingt, aber Edelstahl geht auch. Abgeflacht und mit Spreizmutter. Das haben die bei BAUMEISTER neben den Flanschen, bei Bohrprofi2000 steht es hinterm Abbinder». Männer, nee! Können die sich nicht klar ausdrücken? Aber untereinander verstanden die sich so! Man musste staunen. Wie oft trieb Gunter Herbst das Gesuchte wider Erwarten doch in seinem Schuppen auf und überreichte es dem Kalle freudestrahlend. Nur ab und an mussten wir doch los.

Eine von uns Frauen fuhr immer mit. Nicht nur, dass es beim Autofahren sicherer ist, wenn eine ein bisschen mit auf den Verkehr guckt, nee, wenn man Männer allein im Baumarkt lässt, sind die oft stundenlang weg und kommen mit Sachen wieder, die man im Leben nicht braucht. Kurt hat tatsächlich einen elektrischen Kompressor gekauft, denken Se sich nur. Einen Kompressor! Ihm fiel selbst nicht ein, was er damit anfangen könnte. Er hat Lisbeth zwanzig Luftballons damit aufgeblasen, aber dann hat Ilse ihn einkassiert, zurückgebracht und mit dem Filialleiter besprochen, dass sie sofort bei ihr anrufen, wenn Kurt für mehr als fünfzig Euro einkaufen will.

Einen Kompressor, der spinnt doch!

Im Baumarkt hat man es ja auch nicht leicht. Einen Verkäufer zu finden, zum Beispiel, ist schon eine schwierige Aufgabe. Die verstecken sich besser als Steinpilze im halbhohen Moos, sage ich Ihnen. Man läuft an den Bohrmaschinen vorbei, die Schrauben entlang bis zu den Abflussrohren, und es ist weit und breit niemand zu sehen, der einen Kittel trägt. Wenn man Glück hat, findet man bei den Lampen eine Frau, die aber meist für Geranien zuständig ist und sich an den Ölradiatoren nur mal kurz die Finger wärmt, weil ihr das Rumgepansche im maikühlen Wasser draußen so auf die Gicht geht. Die verspricht einem dann, dass sie einen Kollegen schickt, und macht sich aus dem Staub. Da dürfen Se nie den Fehler machen und glauben, dass einer kommt. Im Leben nicht! Eher friert die Spree zu, und das geschieht schon deshalb nicht, weil die Meiser, diese verschwenderische Lebedame, bei aufgedrehter Heizung lüftet. Na ja. Jedenfalls dürfen Se bloß nicht hoffen, dass ein Mitarbeiter am «Info-Peunt» zu finden wäre. Da kommen ja Kunden hin, und Kontakt mit denen gilt es auf jeden Fall zu vermeiden.

Ich habe drei Geheimtipps für Sie:

Erstens: Gucken Se alle halbe Stunde mal am Info-Peunt vorbei. Manchmal trifft man da verzweifelte Kunden, die zwar keine Lackfarbe «taubengrau matt» finden, aber bei ihrer Suche gewisse Kenntnisse über den Warenbestand erworben haben und Ihnen unter Umständen helfen können.

Zweitens: Suchen Se mal beim biologischen Dünger. Da müffelt es immer so, dass sich nur selten ein Kunde dahin verirrt. Genau deshalb lungern die Verkäufer da besonders gerne rum.

Und *drittens*, wenn das alles nichts bringt: Fummeln Se einfach mal an den allerteuersten Badezimmerarmaturen rum. Man glaubt es ja kaum, aber man kann über tausend Euro für einen Wasserhahn ausgeben. Wussten Sie das? Gott sei Dank hatten wir ja, was Sanitär betraf, wegen der Fürstenbergschen Blaublütererbeziehungen keinen Bedarf. Aber wenn Se so einen Wasserhahn auch nur mit einem flüchtigen Blick streifen, steht sofort mindestens einer der Verkäufer wie aus dem Boden gewachsen vor Ihnen und ist sehr, sehr freundlich. Wenn der Ihnen so was nämlich anzudrehen schafft, kriegt der eine dicke Provision, das kann ich Ihnen aber sagen. Da sind die dann doch hinterher, dass ihnen bloß kein Kunde durch die Lappen geht. So einen müssen Se im Glauben lassen, dass Sie sich für seine massiv güldenen Armaturen interessieren, dann macht der ALLES für Sie. Der beim Bastlerhof hat mir sogar aus den 14 Sorten Studentenblumensamen die rausgesucht, die Walter so gern mochte. Die Gelben mit den kleinen schwarzen Tupfen in der Mitte der Blüte, wissen Se? Sehr traurig war er, als ich sagte: «Ich überlege mir das mit dem Duschkopf noch mal. Wir kommen die Tage wieder lang.» Das stimmte im Grunde auch. Nur haben wir eben bloß zwei Säcke Katzenfutter mitgenommen.

Nee, diesen Trick müssen Se sich merken. Auch im

Elektromarkt. Wenn man da was will, ist kompetentes und auskunftsbereites Personal (Entschuldigung, da muss ich beim Schreiben schon lachen!) so selten wie ein vernünftiges Fernsehprogramm am Sonnabendabend. Wie oft kommt denn «Ohnsorgtheater», frage ich sie? Nee, da im Elektromarkt suche ich gar nicht erst lange, da habe ich einen anderen Kniff: Wenn ich wegen meiner die neue Platte von Felix Silbersee möchte, krame ich nicht lange rum in den Bergen von Bumsmusik. Ich bitte Sie, wozu haben die denn den Personal? Da möchte ich auch bedient werden! Nur – finden Se mal einen. Ich verrate Ihnen, wie es geht:

Die haben meist gleich hinter dem Eingang so einen riiiiiesigen Fernsehapparat, der in keine Wohnstube passt und mehr kostet als unser Wartburg damals. So ein Blödsinn, wissen Se, besseres Programm läuft auf den Dingern auch nicht, man hat nur mehr Fläche zum Staubwischen. Aber sei's drum, auf den Kasten gehe ich so forschen Schrittes, wie es die Hüfte eben erlaubt, zu und drücke auf der Rückseite ein paar Knöpfe. Da haben Se dann auch ganz schnell jemanden, der zu Hilfe eilt. Wenn die eine Oma an ihrer Luxuskiste rumfummeln sehen, kriegen die kalten Schweiß. Wenn Sie jünger sind, machen Se sich nichts draus. Schicken Se gern ein Kind vor. Das bewirkt das Gleiche.

Irgendwann stand das Haus also und sah von außen schon recht manierlich aus. Es musste noch verputzt werden, sicher. Aber es konnte nicht mehr reinregnen.

Kleinigkeiten sind ja immer zu machen, was ist schon jemals richtig fertig? Gucken Se sich den Kölner Dom an! Es war jedoch sicher, dass keiner mehr eine Wand verschob, ein Fensterloch falsch mauerte oder Kirsten mit der Wünschelrute durch den Rohbau stob und den womöglich noch verhexte. Das eine ist ja die Zeichnung – der Grundriss – aber danach können Se keine Gardinen kaufen. Da muss man aufmessen, wenn die Wände stehen, da beißt die Maus keinen Faden ab.

Ilse und ich nahmen also für die Stores Maß und suchten auch wunderhübsche Vorhänge bei «Wohnwelten Bachmann» aus, ach, wir waren wie verzaubert, das kann ich Ihnen sagen! Für uns alte Damen ist Gardinen kaufen fast so schön wie Brautkleider aussuchen. Wir kamen uns vor wie im Paradies. Man rechnet ja immer die zweieinhalbfache Breite, damit die Stores schön üppig fallen. Wer knauserig ist, nimmt nur doppelt, aber das sieht man dann auch. Und Gardinen sind ja das Gesicht des Hauses nach außen. Wenn sich eine Familie neue Gardinen kauft, spricht doch die ganze Straße darüber. Neue Gardinen waren früher das, was heute ein neues Auto ist. Wer was auf sich hielt, hatte die guten mit eingenähter Bleikante. Goldkante war ja nur im Westen, die durften wir nur im Werbefernsehen angucken, wenn Marianne Koch die anpries. Ilse hat uns aber kleine bleierne Schrotkügelchen in die Vorhänge genäht, damit sich die schön aushingen. Gläsers sammelten sie immer aus dem Rehbraten, den sie von Willy Grubbert kriegten. Jedenfalls so lange, bis se den wegen Wilderei drangekriegt haben und er einsaß. Da hingen die Vorhänge zum Glück schon. Nee, gute Gardinen sind die Visitenkarte des Hauses, das war schon immer so, und das hat sich bis heute nicht geändert, Punkt.

Da will man doch keinen ärmlichen Eindruck hinterlassen! Nee, das wäre am falschen Ende gespart. Zweieinhalbfache Breite und sonst gar nichts. So liegen die Stores gut in der Falte, und es sieht sehr gediegen aus. Dreifache Breite geht auch, aber das wirkt schon fast angeberisch. Es ist eine Frage des Maßes und ob man Stil und Geschmack hat. Schließlich sind wir keine Neureichen, die mit ihren Gardinen protzen. Man darf nicht sparen, aber zu viel ist auch nicht gut.

Wir suchten sehr schöne Vorhänge aus, mit reizender gestickter Biese als Sichtblende und Voulons an der Seite. Wun-der-hübsch! Wir waren so in Stimmung, dass wir auch für die Wohnstube der jungen Leute gleich alles ausrechnen und zusammenstellen ließen, nicht nur für meine kleine Einliegerwohnung. Schließlich musste sich der Ausflug lohnen, nicht wahr?

Stefan hatte zwar gedroht, wir sollten es ja nicht wagen, diesen «aufgedonnerten plüschigen Kitsch mit Schleifchen und Rüschen» zu kaufen, ohne Ariane zu fragen, als ich ihm unsere Wahl auf dem Scheibchentelefon zeigte. Ich hatte Ilse geknipst, wie sie die Pracht in Händen hielt wie eine Prinzessin ihr Ballkleid. Aber der Junge meinte es vielleicht gar nicht so? Ariane mag es zwar eher schlicht, jawoll, das weiß ich auch. Deshalb hatten wir die Zuziehvorhänge schließlich auch Ton in

Ton genommen, wir denken doch mit! Das eingewebte Rosenmuster war das gleiche wie auf den Gardinen, und das Rosa passte prima zu den Paradekissen für die Couch, die Ilse schon im Auge hatte. «Schopping Queen mit der Goldkante», murmelte Stefan und rollte die Augen ein bisschen. Ich wusste nicht, worauf er anspielte, aber es war bestimmt nichts Nettes. Dieser Lauser!

Das Donnerwetter mussten aber doch wir ausbaden: Natürlich war Ariane das mit den Gardinen nicht genehm. Sie regte sich so auf, dass Stefan einen kalten Lappen bringen und ihr auf die Stirn legen musste. Traumhaft schön waren die Vorhänge, aber nein, der Dame waren sie nicht modern genug. Nun gut, ich hatte versprochen, den Geschmack der Kinder zu respektieren, und ich werde mich in ihre Einrichtung nicht einmischen, wenn Undank der Lohn ist! Trotzdem war es schade. Ihre Wahl fiel dann auf einfach graue Schals, ich bitte Sie! Kein Brokat, keine Rüsche, nichts. Zum Glück hatten wir den Stoff noch nicht zuschneiden lassen, sonst hätten wir das am Ende noch von unserer kleinen Rente zahlen müssen. So musste ich Traudl Drubizek von Bachmanns Wohnwelten nur anrufen und freundlich absagen. Gepasst hat ihr das nicht, sie klang recht enttäuscht. Auch Ilse hatte die Singer in ihrem Nähstübchen schon aufgebaut, wie gern hätte sie die Stores und Vorhänge zurechtgestichelt!

Nicht mal die messingfarbene Gardinenstange, die Gunter bereits mit viel Mühen angedübelt hatte, durfte hängen bleiben. Ariane schimpfte so sehr, dass Stefan sich nicht mal traute zuzugeben, beim Anschrauben geholfen zu haben. Ich sage Ihnen, wenn schwangere Frauen wütend sind, ist ein Vulkanausbruch ein lauer Sommerregen dagegen. Wie auch immer, das Ding musste wieder ab. Und das haben sie jetzt davon: eine Wohnstube, die trist und kalt aussieht wie die Aussegnungshalle im Krematorium. Also mein Geschmack ist das nicht. Aber bitte, *sie* müssen sich da wohl fühlen, nicht ich. Hauptsache, ein weißes Sofa mitten im Raum!

Und da es *ihr* Haus ist, sollen se da auch an die Wände pinnen, was ihnen gefällt. Dabei war das ein Staatsakt, die Gardinenstange an die Wand zu bekommen, ich … ach, passen Se auf, ich berichte Ihnen. Es war so:

Die Gardinenstange stand im künftigen Wohnzimmer und sollte ran. Weil Kurt an dem Tag mit Ilse zum Zuckerdoktor nach Schöneberg musste, blieb Gunter nichts anderes übrig, als Stefan zu Hilfe zu rufen. Kurt hatte am Tag vorher schon probehalber ein paar Löcher gebohrt. Wenn der eine Bohrmaschine in die Finger kriegt, können Se den nicht mehr mit dem Lasso einfangen. Und weil er ja nun mal nicht mehr so gut gucken kann und nicht alles hochprozentig passte …, war die Wand schon löchrig wie die Netzstrumpfhose von der Meiser. Gunter und Stefan meinten aber, das wäre nicht weiter schlimm, sie bekämen das schon ausgemerzt.

Na, die beiden waren ein Pärchen! Gunter hört sehr schlecht, was aber beim Bohren eher von Vorteil ist, weil er nicht die Ohren zuhalten muss und beide Hände frei hat, um kräftig auf die Bohrmaschine zu drücken. Stefan ist handwerklich jetzt wahrlich keine Leuchte. Aber zum Messen, Halten und was Anreichen sollte es wohl langen.

Gunter ist ein Praktiker. Der macht nicht viele Pläne und keine großen Worte, der *macht* einfach. Meist geht das auch gut, aber manchmal steht man nur daneben und runzelt die Stirn. Weil er aber eben vorher nicht erklärt, was er überhaupt will, denkt man eine ganze Zeit, dass das alles so sein soll, und merkt gar nicht, dass er auch keine Ahnung von dem hat, was er da gerade tut, und dass die ganze Schose den Bach runterläuft.

Stefan und Gunter zeichneten mit einem alten Zimmermannsbleistift, den Gunter immer hinter dem Ohr trägt, das Maß an. IMMER! Den hatte der sogar beim Adventssingen in der Kirche hinter dem Ohr, ich glaube fast, er friert an der Stelle, wenn er den Bleistift da nicht klemmen hat. Der Stummel wird zweimal im Jahr mit einem groben Messer angespitzt, nämlich Neujahr, wenn Gunter mit dem Stift notiert, wer am Silvesterabend wie viele Bier geschafft hat, und an seinem Geburtstag. Da schreibt er auf, wer ihm Weinbrand geschenkt hat und wer nicht. Mit diesem Bleistift malten die beiden einen dicken, schiefen Strich an die Wand. Stefan stöpselte die Bohrmaschine ein, und dann ging die Sache los. Erst bohrte Gunter an, ungefähr zwei, drei Zentimeter von seinem Strich entfernt. Ich fragte mich, wozu er den überhaupt angezeichnet hatte. Nach einer Minute setzte er den Bohrer ab und schimpfte: «Is dett Stahlbeton?

Dett kann doch nich sein. Ick werd noch verrückt.»
Kein Stück war er vorangekommen. Stefan kratzte sich
über die Bartstoppeln. Nicht mal zum Rasieren kam der
Junge bei der vielen Arbeit und der ganzen Aufregung!
Er spitze den Mund. Genau wie mein Otto! Kennen Se
das, wenn solche kleinen Gesten in der Familie liegen?
Die Winklers haben alle diese fürchterlich große Nase
und kratzen sich beim Nachdenken am Kinn. Otto hat
oft so dagesessen, wenn wir überlegten, wie wir wohl
mit den Lebensmittelzuteilungen über die Woche kommen … ach, es waren schwere Zeiten.

Stefan war ja nun, wie ich schon sagte, kein geborener
Handwerker. Ratlos murmelte er: «Vielleicht ist es kein
Betonbohrer, sondern einer für Holz?» Gunter grunzte
nur, aber ganz dumm schien Stefans Einwand nicht zu
sein. Immerhin prüfte Gunter den Bohrer – und wech-
selte ihn. Er schaltete die Höllenmaschine wieder ein
und warf sich mit aller Kraft dahinter. Er drückte und
fluchte, Sie haben ja keine Vorstellung! Stefan drückte
ebenfalls noch mit, und nach zwei, drei Minuten begann
es fürchterlich nach Gummi und verschmortem Elektro
zu riechen. Sodann begann die Bohrmaschine Funken
zu sprühen, und da war es allerhöchste Zeit für mich,
einzuschreiten. Wenn Feuer ausbricht, hört der Spaß
auf. Denken Se nur, wir hätten alle in Flammen aufgehen
und abbrennen können! Ich zog den Stromstecker und
sprach ein Machtwort: «Gunter! Stefan! Schluss! Da
kann doch was nicht in Ordnung sein, das müsst ihr
doch einsehen!»

Gunter wischte sich den reichlich fließenden Schweiß von der Stirn und guckte das Ergebnis seiner Arbeit traurig an: Wohl knapp eineinhalb Zentimeter waren sie vorangekommen. Stefan murmelte die ganze Zeit «Das verstehe ich nicht. Ich verstehe das nicht! Das kann doch nicht sein.»

Ich habe nun bestimmt nicht viel Ahnung von solchen Dingen, aber manchmal hat eben auch eine Renate Bergmann einen Einfall, der den Krimi aufklärt. Hatten die beiden mit der Maschine nicht vorhin noch Schrauben losegedreht? Aber da hatten die den Rückwärtsgang gebraucht, also gegen den Uhrzeigersinn. Wenn sie nun bohren wollten, wäre es da nicht richtig, auf Vorwärtsgang zurückzudrehen? Ich fasste die Bohrmaschine vorsichtig an. Der Stecker war ja raus, und sie war auch schon ein bisschen abgekühlt und qualmte nicht mehr. «Klack», schob ich den Schalter nach rechts und gab dem verblüfften Gunter die Bohrmaschine wieder in die Hand.

«Probier mal jetzt», sagte ich in dem sicheren Gefühl, das Problem gelöst zu haben. Ich stecke den Strom wieder an, Gunter setzte den Bohrer auf die Wand und ZACK, was soll ich Ihnen sagen? Das Ding ging durch den Gasbeton wie mein Frühstücksmesser durch zimmerwarme Butter. Gunter sagte gar nichts und schüttelte nur den Kopf. Er war sehr beeindruckt. So ein stieseliger Zausel wie er kann das nicht so zeigen. Nicht zu meckern war seine Art von Anerkennung.

Die Gardinenstange war also dran. Nicht ganz gerade zwar, aber Gunter sagte: «Wenn da erst mal Vorhänge dran sind, sieht dett keener mehr.» Stefan guckte zweifelnd. Ganz überzeugt war der nicht. «Dett jeht nich anders, dett is, weil die Decke schief is. Der Maurer war doch nur besoffen und hat jeschlampt!», versuchte Gunter seinen Pfusch schönzureden. Da musste ich Einspruch einlegen, auf die Herren Kalle und Bogdan ließ ich nichts kommen. Die haben immer erst zum Feierabend ihr Heimwegbier bekommen, und die zwei, drei Korn, die wir zur Verdauung nach meiner Bohnensuppe ausnahmsweise genommen hatten, die machen doch einen Maurer nicht «besoffen»!

Das Messinggestänge war auch nicht ganz fest, wissen Se, das eine Bohrloch war ungefähr doppelt so groß geworden wie die anderen, weil Gunter abgerutscht war. Genau genommen war es nicht nur doppelt so groß, sondern ein Loch, in das man gut und gerne zwei Finger hätte schieben können, klaffte in der Wand. Ich wollte nicht schon wieder neunmalklug erscheinen und was sagen, aber im Grunde kann man sich den Einbau von teuren Thermofenstern ja sparen, wenn man faustgroße Löcher in der Mauer hat. Die Gardinenstange hing windschief und halb lose an der Wand. Wenn man die nur unvorsichtig angeguckt hätte, wäre das Ding runtergebumst. Gunter störte das alles überhaupt nicht, der brummte: «Wenn die Jardine erst mal hängt, hängt se. Da guckt keen Mensch mehr hin. Da darf eben nich doll dran rumjeruppt werden!»

Ich werde einfach nicht schlau aus Gunter. Er ist ein stets hilfsbereiter, aber mir bis heute undurchsichtiger Mensch. Ich betrachte ihn immer mit ein bisschen Misstrauen und mahne Gertrud zur Vorsicht. Man darf *nichts* glauben, was er sagt! Als Gertrud ihn damals auf dem Friedhof aufgelesen hat – er war Sargträger bei Hedi Kiefers Beisetzung – und er sie nach vier Wodka beim Fellversaufen nach Hause gebracht hat, fand ich das nett von ihm. Gertrud wäre im Bus sonst nur wieder auffällig geworden. Sie witterte von Anfang an Geld, weil Gunter im Taxi nämlich einen 50-Euro-Schein aus der Tasche seiner Manchesterhose zog und dem Fahrer so ungerührt reichte, dass sie glaubte: «Da ist mehr zu holen.»

Jahrelang hat Gunter uns weismachen wollen, dass er sein Leben lang Landwirt gewesen war. Sein Gehöft spricht auch dafür, keine Frage. Aber letzthin – wir saßen beim Silvesterkarpfen beisammen – erzählte er frei von der Leber weg, dass er früher zur See gefahren wäre. «Das kann doch einen Seemann nicht erschüttern», stimmte er schief und laut an. Der sagt sonst nie was, aber meine Bowle – je 1/3 Korn, Früchte und Zucker – hatte ihn locker gemacht, und er plauderte, dass es richtig nett mit ihm war! Den ganzen Abend über hat er wilde Geschichten erzählt, dass er seinen Sold in Dollar gekriegt hat, und als ich so einen Dollarschein mal sehen wollte, weil ich ihm nämlich kein Wort glaubte, behauptete er, dass ihm die Mädchen in den Städtchen um seine ganzen schönen Dollars erleichtert hatten. Er hätte aber noch ein paar Rubel von der Brigadefahrt mit den Kollegen nach Leningrad, die könnte er mir zeigen. Nach der Handelsmarine war er nämlich als Kumpel bei der Wismut und hat Uran ausgebuddelt. Gertrud saß staunend neben ihm und himmelte ihn an, nee, Sie machen sich kein Bild! Jedes Wort guckte sie aus seinen Lippen raus! So verliebt habe ich sie nicht mehr gesehen, seit wir damals bei der Autogrammstunde der Flippers waren. Dem Olaf ist sie ja bis ins Hotel nach …

Nee, kein Wort darf man Gunter glauben, der spinnt Seemannsgarn und Bergmannsgarn in einem. «Gunterwolle» nannte ich das, was der uns auftischte. Aber wissen Se, es war ein lustiger Abend, und wir hatten unseren Spaß. Was hat man als alter Mensch denn groß vom Leben, wenn man eine schmale Rente bekommt und finanziell keine großen Sprünge machen kann? Gunters Spinnereien gab es gratis. Mal erzählte er davon, wie er das mit Apfelsinen aus Kuba beladene Schiff durch Hurrikans über den Atlantik gesteuert hatte, damit wir zum Weihnachtsfest etwas auf die bunten Teller kriegten. Früher galt ja noch die alte Regel: «Wenn es Apfelsinen gibt, ist in drei Wochen Weihnachten.» Danach können Se heute ja auch nicht mehr gehen, da muss es eher heißen: «Wenn es Lebkuchen gibt, ist der Sommer fast rum.»

So ein Spinner, der Gunter. Kein Wort von dem war wahr! Nicht mal Ilse glaubte ihm, und die nimmt sonst alles für bare Münze. Unsere Tageszeitung, der «Spandauer Bote», macht am 1. April immer einen kleinen

Scherz. Letztes Jahr haben sie geschrieben, dass sie bei der Renovierung des Theaters das Bernsteinzimmer im Keller gefunden haben. Sogar das hat Ilse geglaubt! Aber Gunters Spinnerei verfing nur bei Gertrud, die ihn anguckte, als wäre er Marco Polo.

Aber wissen Se, Gunter tut ihr gut. Soll se! Soll se ihm den Quatsch glauben, wenn es ihr Spaß macht. Was bleibt uns denn noch mit über 80? Fernsehen können Se vergessen. Ein schöner Tanzfilm mit Marika Rökk kommt nur zweimal im Jahr und kein Peter Frankenfeld weit und breit, dafür Schießfilme und Rateshows mit dem Pflaume jeden Abend. Da muss man sich selber kleine Freuden suchen, und wenn Gunter ihre Freude ist, sei sie ihr gegönnt. Kleine Lügen, die keinem weh tun, sind nicht schlimm.

Ich muss nur aufpassen, dass sie ihn nicht heiratet. Ja, gucken Se ruhig erstaunt, ich wäre eigentlich auch dafür, dass man die Verhältnisse ordnet und sie sich zumindest auf dem Standesamt zusammenschreiben lassen, wie es sich gehört. Aber es ist doch so: Gertrud bezieht durch ihren ersten Mann Gustav die große Witwenrente. Wenn sie jetzt Gunter ehelichen würde, fiele die weg, und sie säße da! Gertrud ist nicht die Sparsamste und kommt jetzt schon kaum hin mit dem Büdschee. Wenn die dann noch ohne die Witwenrente dastände – nee. Sie machen aber auch gar keine Anstalten. Als Gunter mal mit einem Strauß in der Hand vor der Wohnungstüre stand, hat sie durch den Spion geguckt und einfach nicht aufgemacht. Regelrecht Angst hatte sie vor einem Antrag, hihi! Dabei hatte er die Blumen auf der Karnickelausstellung für den zweiten Preis bekommen, den seine Häsin Angela gemacht hat, und wollte ihn nur freundschaftlich überreichen.

Sei's drum, ich komme schon wieder ins Schwatzen. Ariane sagte «Gardinenstange ab», und das hieß «Gardinenstange ab», da gab es keine Diskussionen. Ich stellte mich dem nicht in den Weg, wissen Se, auch wenn es viel Mühe gemacht hatte, das Trumm anzuschrauben, war es nicht im Lot und es sah auch nicht danach aus, als ob es halten würde. Also, Kommando zurück.

Die Schiene war ganz schnell wieder abgeschraubt, das war gar kein Problem. Jetzt hatten die Männer das mit dem Rückwärtsgang bei der Bohrmaschine ja verstanden, und es lief wie am Schnürchen. Stefan bekam Betonstaub ins Auge. Das war allein seiner Ungeschicklichkeit zuzuschreiben, da konnte Gunter nichts dafür. Der Junge hätte eben besser aufpassen müssen. Er jammerte ein Weilchen und rubbelte, bis das Auge tatsächlich rot wurde. Gottchen, nee. Was der sich anstellte! Ich tropfte ihm mit einer Pipette kaltes Wasser ins Auge, damit er sich beruhigte. «Das ist Ginkorexapharin, Stefan, das hilft!», erfand ich einen wichtig klingenden Namen. Hihi. Stefan ist auch so einer, den Se mit Globussi gesund machen können!

Die Wand sah nun allerdings wirklich aus wie ein Schweizer Käse. Vorher hatte man das nicht so genau gesehen, weil Gunter geschickt geschraubt und einiges mit der Gardinenstange verdeckt hatte, aber nun war nichts mehr zu beschönigen. Selbst Kurt mit seinen Augen hätte das gesehen. Es sah aus wie auf der Toilette, wo sich Kurt damals … Aber das tut hier nichts zur Sache. Die haben das bis heute nicht repariert, wenn Se da mal austreten müssen, ziehen Se sich warm an, da pfeift der Wind durch die Wände!

Gunter rührte Gips an, den Stefan in die Löcher zu schmieren versuchte. Immer, wenn er mit dem Spachtel die Masse glatt streichen wollte, rollte sich der Brei am Rand hoch und fiel wieder raus. Es war ein Bild des Jammers, sage ich Ihnen. Stefan wurde richtiggehend wutig. Gunter suchte im Baucontainer nach irgendwas und winkte nach ein paar Minuten mit einer angerosteten Tube: «Det Zeuch ist Jold wert. Damit hab ick uffm Appelsinendampfer die Turbine im Maschinenraum jeflickt, als wir im Sturm zu sinken drohten.» Ach herrje, Seemannsgarn in der Tube sollte uns nun retten? Stefan guckte durch seine rot gerubbelten Augen genauso zweifelnd wie ich. Gunter drückte eine kleine Wurst raus, vielleicht einen halben Finger lang. Es sah aus wie das, was Katerle in die Katzentoilette … das rührte er unter den Gips und sagte «Versuch et jetzt ma» zu Stefan. Der schmierte die Wundermischung in die Löcher, und zu unserer großen Überraschung klebte der Pamps so gut, dass nichts mehr herausbröckelte. Es trocknete fix, so fix, dass Stefan seine Finger gar nicht schnell genug von der Wand bekam. Er schimpfte wie ein Rohrspatz und schrie, dass er total bekloppt sein müsse, sich auf Bauarbeiten mit zwei ollen Leuten einzulassen, dass er noch wahnsinnig würde und noch mehr lautes, unanständiges Zeug, das ich hier aber nicht auftippen will. Es ist nicht meine Wortwahl, eine Renate Bergmann achtet auf ihren guten Ruf. Stefan hing mit dem Mittelfinger der linken Hand fest, den er mit einem wilden Ruck löste. Der Großteil des Fingers war zwar wieder lose, aber die Haut der Fingerkuppe blieb an der Baustelle kleben. DAS Theater können Se sich gar nicht vorstellen. Männer! Er machte mehr Geschrei als manche Frau in den Wehen, die einen Dammbeinschnitt ohne Narkose kriegt. Ich band dem Jungen erst mal mit meinem sauberen Taschentuch den blutenden Mittelfinger ab. Sie können sich ja denken, dass bei mir Leibwäsche und Taschentücher wegen der Hügjiene immer ordentlich gekocht und nicht nur einmal bei 40 Grad durch Duftspüler gezogen werden. Bei mir ist alles steril, wie es sich für eine ordentliche Hausfrau gehört. Stefan selbst hat erst vor ein paar Wochen, als er mich besuchte, als ich gerade die Kochwäsche im Kessel hatte, gesagt «Bei dir kann man auch Herzverpflanzungen auf dem Küchentisch machen, wenn die Charité mal keinen OP frei hat». Nun ist ein bisschen abgerissene Haut vom Finger keine Herzverpflanzung, trotzdem gab ich zur Sicherheit einen kleinen Spritzer Kölnischwasser auf die Wunde. Das dessifiziert auch! Stefan krakeelte nun noch lauter, fast schlimmer als Ilse, wenn sie eine klitzekleine, niedliche Maus sieht. Er konnte sich aber nicht groß wehren, wissen Se, die linke Hand war zwar frei, aber mit der Rechten hing er noch immer am Kleber. Gunter war auch im Fall der rechten Hand für «ruck und ab», aber Stefan wimmerte bei dem Gedanken an diesen Vorschlag, und auch ich war entschieden dagegen. Zwar hatte ich noch ein Ersatztaschentuch, aber der Junge tat mir auch ein bisschen leid. Teigarm hin oder her, man musste ihn nun auch nicht unnötig quälen. Kurzum: Gunter stemmte ein Stückchen Wand um Stefans Hand herum raus, und wir fuhren mit ihm und dem Klumpen Putz zu Frau Doktor Bürgel. Wir hatte auch die Notaufnahme erwogen, aber wissen Se, da sitzt man am Ende vier Stunden, und der Kleber zieht noch fester an, das bringt ja keinem was. Bei der Bürgel kam ich immer vor, jedenfalls wenn Schwester Sabine keinen Dienst versah. Die mag mich nicht, warum auch immer. Vielleicht sollte sie mit Kirsten mal nach ihrer Mitte suchen. Schwester Jennifer jedenfalls halte ich mir mit einem Päckchen Bohnenkaffee dann und wann warm und komme ohne Probleme zügig dran.

Frau Doktor war ... überrascht. «WIE das passiert ist, will ich gar nicht wissen, Frau Bergmann. Ich kenne Sie und kann mir schon denken, dass Sie wieder Dummheiten gemacht haben ... sagen Sie mir nur, was das für ein Kleber war, den Sie da ... ach, danke, Herr Herbst.» Sie rückte die Brille auf die Nase, nahm Gunter die Tube ab, die er ihr reichte, und ...

«Danke ... das ist ja nun wohl Arabisch. Oder Kyrillisch?»

«Keene Ahnung, watt dett fürn Zeuch ist. Aber et hält dicht.»

«Schwester Jennifer, wir versuchen es erst mal mit H_2O lauwarm und einem Spritzer Fit», ordnete Frau Doktor an. Stefan musste seine Hand mit dem Klumpen Putz an der Fingerspitze in ein Nierenschälchen stippen und darin baden. «Wie Frau Tilly damals in der Werbung», schoss es mir durch den Kopf, und ich wollte gerade fragen, ob da auch natürliches Protein drin ist, was die Hände schon beim Spülen pflegt, aber die Doktorsche unterbrach meine Gedanken: «Wenn Sie schon mal da sind, können wir auch Blutdruck messen, Frau Bergmann. Kommen Se mal mit.» Dem Himmel sei Dank hatte ich die gute Unterwäsche an. Deshalb bin ich auch immer so hinterher, dass die Leute in meinem Umfeld sauber gekleidet gehen. Wie schnell passiert was! Bei der Frau Berber ist wohl Hopfen und Malz verloren, ich weiß nicht mal, ob die überhaupt ein Bügeleisen besitzt. Sie ist ja recht mollig und kauft alles so knapp, dass sie es von innen glatt drückt. Besonders ihre Leckings und die … die … Oberteile. Oberteile sagt se immer, Blusen trägt se ja nicht. Das sind solche Nickis aus weichem Stoff, durch den man jedes Röllchen sieht. Aber soll se, jedem Tierchen sein Plessierchen. Es hat jedenfalls noch nie nach Bügeln gerochen aus ihrer Wohnung. Eine richtige Hausfrau hat da doch eine Nase für! Aber es muss jeder selbst wissen, wie er unter die Leute geht. Ich würde nie in ungeplätteter Garderobe aus dem Haus treten. Die Meiser ist auch so ein faules Ding, sie bügelt nur die Kragen ihrer Blusen, denken Se sich das mal. NUR DIE KRAGEN! «Ich ziehe doch einen Pulli drüber, das sieht doch keiner», sagt sie. Nun stellen Sie sich mal vor, die verunglückt auf dem Weg zur Arbeit. So, wie die mit ihren Pfennigabsätzen schwankt, bleibt die eines Tages noch mal in den Schienen hängen und wird von der Straßenbahn mitgeschleift … Und dann? Also, wenn man beim Notarzt auf dem Tisch liegt, sollte doch wohl wenigstens die ganze Bluse gebügelt sein und nicht nur der Kragen. Ich komme da gar nicht drüber weg, wissen Se, wenn wirklich mal was passiert – und es passiert so schnell was! –, fällt das ja auf das ganze Haus zurück! Die im Krankenhaus denken doch, wir sind alles Wilde und hausen wie die Tiere. Da steht schließlich auch mein guter Ruf auf dem Spiel. Und man muss ja man nicht mal von der Straßenbahn angefahren werden, es reicht schon, dass der eigene Neffe seine Finger nicht von der Wand kriegt.

Mein Blutdruck war ein kleines bisschen zu hoch, was ich aber auf die Aufregung um Stefan schob. Und überhaupt ist man ja beim Doktor immer ein bisschen nervös, da ist der Blutdruck schon von Natur aus zehn Grad höher. Wenn man so einer Kapazität, die studiert hat, gegenübersitzt, kann man schon mal unruhig werden! Einmal hat mir die Doktorsche ein Röhrchen gegeben und gesagt, ich solle damit ins Bad und … Na ja. Als ich es ihr leer zurückgegeben und gesagt habe: «Das brauchte ich nicht, da ist ja eine Toilette drinnen», war das auch nicht richtig. Ich hätte wohl in das Röhrchen

... weil sie einen Test machen wollte. Herrje, war mir das unangenehm. Noch mal konnte ich so schnell nicht, Schwester Sabine musste mir einen Kaffee brühen (einen ärztlich verordneten Bohnenkaffee, denken Se sich das mal!), und nach einem kleinen Weilchen ging es dann.

Frau Doktor meckerte nicht groß über die Werte und wollte nicht mal abhorchen. Ich musste gar nicht freimachen. Eigentlich schade. Wissen Se, sie hätte ruhig sehen können, dass mein Hemdchen reine und frisch gestärkt war!

Als wir wieder ins Schwesternzimmer kamen, waren die mit dem Fingerbaden schon gut vorangekommen. Schwester Jennifer hatte alle möglichen Mittelchen in die Nierenschale nachgegossen, und Millimeter für Millimeter löste sich der Finger vom Mauerstück. Gunter hatte derweil Arzthandschuhe übergezogen (auch er lernt dazu!) und schmierte ein weiteres katzenwurstgroßes Stückchen von seiner Paste an den Sterilisator. «Die Tür klappert nicht mehr, Frau Doktor», sprach Schwester Jennifer strahlend, «Herr Herbst hat auch das EKG-Gerät schon repariert, die Nadel springt jetzt nicht mehr bei Durchzug.»

Die Doktorn schüttelte nur den Kopf. Stefan bekam noch eine Heilsalbe auf seine Finger und ein Pflaster drauf, Gunter kriegte ein Dankeschön nachgerufen und ich mahnende Worte mit auf den Weg, doch ja die Finger vom Cognac zu lassen.

Himmel herrje, was für eine Aufregung! Und alles nur, weil Ariane die Gardinen nicht gefielen!

Für Kalle war es am nächsten Tag übrigens eine Arbeit von fünf Minuten, die Löcher in der Wand mit der Mauerkelle neu zu verfüllen. Eine Kelle Mörtel, zweimal mit dem Reibebrett drübergestrichen, zack, war die Wand glatt. «Hatten Se hier zwei Buntspechte über Nacht drin, die in Nistlaune waren? Dett sieht ja aus wie der antifaschistische Schutzwall 'ne Woche nach dem Mauerfall», wunderte er sich.

_____ Ab heute heißt es:
SCHUHE AUS! _____

Die kleine Lisbeth rennt mit der Mehltüte durch die Küche und ruft «Es schneit, es schneit».

Es wird wohl Zeit für einen Beruhigungskorn.

Ariane war mit ihrer Schwangerschaft derweil schon gut vorangekommen. Sie trug eine dicke Murmel vor sich her und watschelte, wenn sie denn mal kurz hochmachte und zur Toilette ging, wie ein Pinguin. Man konnte nun wirklich nicht erwarten, dass sie sich in dem Zustand um das Haus kümmerte. Ja gut, schwanger ist nicht krank, aber man will das Mädelchen ja nicht leiden sehen. Sicher, früher haben wir die Kinder nebenher bei der Feldarbeit bekommen und nicht so ein Gewese gemacht, aber ich hackte nicht auf ihr rum, sondern ließ sie gewähren. Schließlich spielte mir das in die Karten. So konnte ich wenigstens meine Ideen und Erfahrungen ohne jeden Widerspruch einbringen. Ha!

Wenn es darum ging, dass ich mich in ihrem Haus mit der Einrichterei ~~raus~~zurückhalte, ja, da war se laut vorneweg. Aber selber? Als ich nur leise darüber nachdachte, dass man ja mal einen Kostenvoranschlag für einen Treppenlift in meiner Wohnung machen lassen könnte, war ihr das gar nicht recht. Stefan musste einschreiten und ihr deutlich sagen, dass es mein Geld war und ich damit machen konnte, was ich wollte. «Und wenn Tante Renate einen Lift mit fünf Gängen und rotem Ledersitz will, geht uns das gar nichts an!» Ariane hat geflucht und eine große Portion Himbeereis aus ihrer Plazenta-Reservedose weggenascht, aber nichts weiter gesagt.

Das Mädelchen hatte es ja schon nicht leicht, als sie mit der kleinen Lisbeth schwanger ging, aber es war kein Vergleich zu jetzt. Da sagt man immer: «Beim zweiten Kind wird alles leichter», aber es ist eben nicht immer wahr. Was hatte sie zu leiden! Kaum, dass se vom Speien mit dem Kopf hoch war, wurde sie schon wieder grün im Gesicht und musste sich hinlegen. Kein Doktor wusste Rat. Ihre Werte waren alle tipptopp, da gab es nichts zu meckern. Es war unerklärlich. Man hatte ihr sogar angeboten, ins Krankenhaus zu gehen und dort unter Beobachtung zu warten, bis das Baby kommt, aber das wollte se nicht. Das kann ich auch gut verstehen, wissen Se, da hätte se so einen Kittel mit «hinten auf» tragen und auf dem Schieber pullern müssen. Wer will denn so was?!

Man muss es hier mal ganz deutlich sagen: Es bestand die Gefahr, dass mit einer verfrühten Niederkunft zu rechnen war. So was ist nicht schön, wäre aber nun, wo Ariane über den siebten Monat hinaus war, machbar. In der heutigen Zeit ist die Medizin doch schon so weit, man kann nur staunen. Die Doktors hatten untersucht und gemessen, dass die Kleine – man war sich derweil sicher, dass es ein Mädchen war – propere sechs Pfund wog und auch sonst so weit entwickelt war, dass man der Natur nun ihren Lauf lassen würde, ginge es los.

Am zweiten Sonntag im September hatte ich «baufrei». Nicht «bauchfrei», lesen Se bitte richtig! Also wirklich! Bin ich die Berber, die sich ihre Leibchen immer so knapp kauft, dass im Flur jeden Morgen Wellfleischparade ist? Ich muss doch sehr bitten. Nee, ich hatte bau-frei. An diesem Sonntag ruhte die Baustelle. Das hatte jetzt weniger damit zu tun, dass der Herr Pfarrer immer nörgelt und mahnt: «Am siebten Tag sollst du ruhen», sondern weil schlechtes Wetter war. Es nützt einem ja nichts, wenn der Mörtel ganz dünne ist und aus den Fugen schlabbert, weil es so doll regnet.

Ich machte mir Gulasch, der ganz sachte auf dem Herd vor sich hinsimmerte. Mir muss keiner was von «al dente» und «innen noch zartrosa» erzählen, ich bin nicht der Lafer und auch nicht der Lichter. Bei mir wird das Fleisch durchgebraten und ist auch weich, basta! Das Telefon hatte ich ausgestellt, wissen Se, seit der Pfarrer weiß, dass ich einen Schmartfon habe, und meine Nummer kennt, ruft der am Sonntagmorgen hier an und erinnert mich an den Gottesdienst. Schöner Murks, sage ich Ihnen! Ich richte es nach Möglichkeit so ein, dass ich mich alle drei Wochen in der Kirche blickenlasse. Das weckt den Eindruck von regelmäßigem Erscheinen, lässt sich aber auch mit meinen Pflichten vereinbaren. So fällt man beim Pfarrer nicht negativ auf und hat doch noch genug Zeit, auch mal beim Witwenclub vorbeizuschauen. Wissen Se, in meinem Alter, da darf einem schon mal düselig sein, oder die Hüfte will nicht so. Aber nun rief der dann und wann an, wenn ich nicht in der Kirche war, und fragte, wo ich bleibe!

Deshalb hatte ich das Telefon gleich ausgeknipst. Ich mache so was nur im Ausnahmefall. Wirklich! Sie wissen ja, der da oben sieht *alles*, und das kommt auf meinen Deckel. Ich komme da schon als vierfach verwitwet an, wenn es mal so weit ist. Das allein wirft bestimmt viele Fragen auf. Und wenn auch noch «Pfarrer beschwindeln» in meinem Strafregister steht …

Der Pfarrer findet aber auch immer kein Ende am Sonntag. Um zehn Uhr geht es los, und er freut sich so, dass er alles erzählt, was er im Theologismusstudium gelernt hat. Unsereins hat den Schmorbraten oder die Rouladen oder eben den Gulasch auf ganz kleiner Flamme köcheln, während man in der Kirche ist. Auch, wenn das die kleinste Stufe ist, habe ich keine Ruhe. Wie schnell setzt das in der Pfanne an! Der Kampfert redet und redet und ich seh vor meinem inneren Auge meist schon die Rauchschwaden aus der Küche steigen. Der ist aber nicht aus der Ruhe zu bringen und verteilt auch noch Scheibletten an alle. Nee, Oblaten.

Entschuldigen Se, das bringe ich immer durcheinander.

Wie auch immer, ich komme schon wieder ins

Schwatzen, aber da sind Se mir doch wohl nicht böse? An diesem Sonntag bin ich also nicht zur Kirche gegangen und hatte den Händi aus. Ach, das Gulasch zerging auf der Zunge! Als ich den Abwasch fertig hatte, stellte ich das Wischtelefon wieder an. «Sie haben 22 Anrufe in Abwesenheit» stand auf dem Glasscheibchen. «Nanu?», erschrak ich! Zweimal hatte der Herr Pfarrer angerufen, na, das konnte ich mir ja denken. Gut, dass ich den Apparat stillgestellt hatte! Neunzehn mal Monika Haufstein von Fürstenberg und einmal Stefan. Das konnte doch nur bedeuten … Mein Herz schlug gleich höher, aber es hatte gar keine Schangse, sich zwischen Sorge und Freude zu entscheiden, denn da schellte das Ding all wieder. Monika war dran:

«Renaaaaate! Meine Liebe! Da erreiche ich dich ja endlich.» Sie ließ mich nicht mal ein «Guten Tag» oder «Hallo» antworten. «Wir sind wieder Großmütter geworden! Ariane hat vor einer Stunde die kleine Agentin geboren. 3070 Gramm, 49 Zentimeter und ganz die Mutter! Ariane und die Kleine sind wohlauf, und Stefan … wenn der Tropf durch ist, wird es ihm wohl auch wieder gutgehen. Du, ich muss Schluss machen … Tschüüühüüüsss.»

Legt die einfach auf?! Na ja, was will man erwarten. Die hatte jetzt damit zu tun, aller Welt die Botschaft vom Kind zu verkünden. Selbstverständlich bin ich gleich, nachdem ich einen Korn auf die Kleine genommen hatte, zum Krankenhaus gefahren, das ist ja wohl Ehrensache. Mit der Taxe, die kam auf bald 20 Euro, aber an so einem Tag musste das mal drin sein. Ich sagte dem Fahrer, dass er ruhig zügig fahren soll, was der auch gern machte. Es war Sonntag, da waren die Straßen frei, und er gab Gummi. Mich schleuderte es auf dem Rücksitz hin und her, schließlich hatte ich mein Keilkissen nicht mit. Das lag im Koyota. Während der Fahrt wurde mir erst mal gewahr, dass da mit dem Namen doch was schiefgelaufen sein musste. Wissen Se, Ariane war bestimmt fürs Moderne, aber wer nennt denn sein Kind «Agentin»? Vielleicht musste man es französisch aussprechen: «Arsch-entien», murmelte ich vor mich hin, und der Fahrer guckte mich böse im Rückspiegel an. Das konnte nicht stimmen, das hatte Monika bestimmt verdreht. Die mit ihrem sächsischen Akzent! Aber ich würde es ja gleich erfahren.

Stefan kann kein Blut sehen, der ist schon bei der Geburt von Lisbeth auf die Fliesen geklatscht und musste sich erst mal berappeln. Dieses Mal ist er erst gar nicht mit rein in den Kreißsaal, wohl wissend um seinen Hang zum Abklappen. Er hat mit Lisbeth im Wartezimmer gesessen und ist ebenda kollabiert. Das Kind hat aber prima reagiert und eine Schwester gerufen, die ihn gleich erstversorgt hat. Er musste die Beine hochlegen und bekam einen kräftigenden Tropf. So eine Milchsemmel, also man muss sich wirklich fast schämen! Männer! Wehe, wenn se Schnupfen haben! Ich betüddelte den auch nicht groß, sondern gratulierte nur knapp und ließ mir die Maße und den Namen der Kleinen bestätigen.

188

Bei der aufgedrehten Monika weiß man nie, ob sie nicht was durcheinanderbringt. Es stimmte aber fast alles, sie hatten sie nur Agneta genannt und nicht Agentin. Stefan kicherte übertrieben leidend und sagte, da hätte wohl sein Händi im Auto Korrektur gemacht oder so. Und so mahnte ich den jungschen Kerl, sich mal ein bisschen zusammenzureißen, schließlich musste er die kleine Lisbeth für ein paar Tage allein versorgen, solange Ariane auf der Wöchnerinnenstation lag. Man glaubt es ja nicht, die Frau kommt nieder mit dem Baby, und Stefan beschäftigt mit seinen Mätzchen mehr Schwestern als die junge Mutter!

Die ganz Kleine war wirklich liebreizend und zauberhaft. Von einer Ähnlichkeit mit Ariane sah ich zwar nichts, aber das wollte ich der Monika nicht zum Vorwurf machen. Das ist ja immer so, dass die Familie der Mutter meint, das Baby käme nach ihr, während die väterliche Linie Stein und Bein behauptet: «Dem Vater wie aus dem Gesicht geschnitten». Ich mochte mich da noch nicht festlegen, wissen Se, solange da noch angetrocknetes Fruchtwasser auf dem Köpfchen klebt und die kleine Agneta noch nicht mal die Augen aufhatte, konnte man das beim besten Willen nicht sagen.

Ich redete noch mal mit Engelszungen auf Ariane ein, es mit dem Stillen zu probieren. Das hat ja doch seine Vorteile. Muttermilch ist billig, die brennt nicht an und kocht nicht über, wenn man mitten in der Nacht das Fläschchen machen muss. Die Katze kommt nicht dran, und sie ist auch immer richtig temperiert und man braucht nicht schütteln. Das kennen Se doch bestimmt auch, oder? Wenn das kleine Engelchen um halb zwei des Nachts zum ersten Mal ein bisschen gnäckelt und Appetit anmeldet, springt man gleich auf und kocht die Flasche. Während die Milch gerade heiß wird, schreit sich das kleine Mäuselmäuschen so richtig in Hochform, und zack, steht man da: Im einen Arm das brüllende Baby, in der anderen Hand die brühheiße Flasche. Dann heißt es so schütteln, dass das Kind sich beruhigt und die Flasche langsam abkühlt. Es ist eine Krux, sage ich Ihnen. Kirsten war als kleines Mädchen ja ein Fresssack vor dem Herrn. Meine Milch reichte der schon nach vier Wochen nicht mehr. Die biss mich wund und wurde wütend, weil nichts mehr kam. Da habe ich aufgegeben und ihr Babysan gemacht. Mit Lacktose drin und Zucker, und gucken Se sich an, was für ein Prachtmädel das geworden ist!

Nun ja, zumindest äußerlich.

So ein unwirtliches Wetter. Ich ziehe schon den ganzen Nachmittag neue Schlüpfergummis in meine Unterwäsche. Eine ordentliche Hausfrau macht das einmal pro Jahr.

Es kam natürlich, wie es kommen musste – das Wetter schlug um. Was hatten wir für einen schönen Herbst gehabt! Erst war es ein zauberhafter Altweibersommer mit Sonne und noch mal bald 30 Grad auf dem Quecksilber, dass sogar die Freibäder die Saisong verlängerten und im September noch mal aufmachten, und dann ging das Wetter über in einen goldenen Oktober. Das bunte Laub fiel und duftete herrlich. Es roch nach Sommererinnerungen, Gemütlichkeit und Morgennebel. In der Sonne schillerten die Blätter in so vielen schönen Farben, wie kein Malkasten hergibt. Ich machte lange Spaziergänge mit der kleinen Lisbeth, schließlich hatte Ariane mit Agneta zu tun. Die beiden mussten sich ja erst mal aneinander gewöhnen. Ariane sollte entlastet werden, und da war ich gern zur Stelle. Ich wusch auch die geborgten Schockingbuxen von Frau Berber, legte einen schönen Kasten Mongscherie dazu und gab sie dankend zurück. Das war sehr nett von ihr, und ich sagte ihr das auch so.

Wer ein Kleinkind im Fragealter hat, wird besonders

gut verstehen, dass Ariane mir die Lisbeth gern mitgab. Sie hatte eine Phase, wo auf jede Antwort wieder ein «Und waruuuum?» kam. Das kann einen ja rasend machen, wenn es in die vierte Stunde geht, und Ariane musste ihre Nerven ja auch mal ausruhen.

Lisbeth und ich sammelten Eicheln und Kastanien, beobachteten Eichhörnchen, wie sie das Gleiche taten, und bastelten einen ganzen Bauernhof voller Tiere aus den Baumfrüchten. Ach, der Wandel der Natur zeigt einem immer, wie doch die Zeit vergeht, wie alles kommt und geht, wie es immer wieder von vorn beginnt und dass nichts für ewig ist. Ich frage mich jeden Herbst, wie oft ich das wohl noch erleben darf? Ich bin 82, da macht man sich seine Gedanken. Aber wissen Se – das Schöne ist ja, dass es keiner so genau weiß! Deshalb atmete ich die wunderbar duftende Herbstluft ein, genoss die letzten wärmenden Sonnenstrahlen und schimpfte Lisbeth, die mit ihren Sommerschuhen in den Pfützen herumhüpfte. Man muss den Moment genießen. Was vorbei ist, kann man nicht mehr wiederholen, und was morgen kommt, weiß keiner. Nur das Jetzt und das Heute zählt. Das muss man auskosten. Aber auch nicht zu lange, sonst wird man träge, und schließlich war auch viel zu tun, nich wahr?

Im Haus pusselten die Elektriker vor sich hin, da musste ich gucken, dass alles im Zeitplan blieb und Kurt sie in Ruhe machen ließ. Kurt war ja früher Elektriker gewesen, bis er in Rente ging, und konnte es kaum abwarten, den Kollegen zur Hand zu gehen. Das wollten aber weder die Leute von der Elektrofirma noch Ilse, und auch Ariane ließ über Stefan ausrichten, wir sollen «Tatter-Kutte» um Himmels willen von der Baustelle fernhalten. Das war zwar nicht sehr nett, aber im Grunde hatte se recht, auch, wenn Kurt selbst sich gern als «Elektro-Gott» bezeichnete. Sogar Gunter räusperte sich da nur trocken. Erfahrung hin oder her, aber zu Kurts Zeiten wurden Kabel noch auf Putz verlegt, und sie waren mit Stoff umhäkelt. Das will ja heute niemand mehr. Ilse arrangierte also eine kleine Tournee zu den Doktors für Kurt und sich. Sie ließen alle Werte messen und in alle Körperöffnungen reingucken. Da ist Ilse ja geschickt, sie plante die Termine so, dass Gläsers fast zwei Wochen lang jeden Tag mit dem Koyota quer durch Berlin unterwegs waren. Nur den Augenarzt mied Kurt, da verweigert er sich ja seit Jahren. Als die Lampen im Haus funktionierten und Gläsers wieder frischen Doktor-Tüff von allen Seiten hatten, machte Kurt Baubegehung und nickte traurig, aber zustimmend. Wie gern wäre er den «Kollegen» zur Hand gegangen.

Auch für mich gab es ein bisschen Luft in diesen Tagen – wissen Se, man steht da ja nur im Weg und stolpert am Ende noch über die ganzen Strippen, die die da verlegen. Eine zweite Hüftoperation war nun das Letzte, was ich gebrauchen konnte. Da passte es ganz gut, dass ich Kapazität hatte, denn Lisbeth brauchte unbedingt stabile, gefütterte Winterstiefel. Da muss man genau überlegen, was man anschafft, die kleinen Geister wachsen ja so schnell raus! Es ist gar nicht so leicht: Wenn man im Oktober Winterstiefel in Größe 23 kauft, stößt das Mädel im Dezember, wenn der erste Schnee fällt, vorne doch schon mit dem großen Zeh an. Das geht nicht. Außerdem gibt es im Dezember ja nur noch ausgesuchten Kram, weil se da das Angebot schon wieder auf Badelatschen und Sandaletten umstellen. Da kann man Glück haben und ein Restpaar in einer Größe, die sonst keiner wollte, erwischen, aber darauf sollte man nicht spekulieren. Diese Pantinen sind dann meist auch unpraktisch und voller Flimmer und nicht schick. Und wenn man Pech hat, gibt es gar keine mehr, weil die Saisong dafür vorbei ist.

Also muss man vorausschauend kaufen. Aber was meinen Se, was die Verkäuferin mir für einen Vortrag hielt, dass das Kind passende Schuhe braucht und keine, die eine Nummer zu groß sind! Die war offenbar gerade auf einer Schulung gewesen, wo sie gelernt hat, den Kunden ein schlechtes Gewissen zu machen. So, wie es Helikoptereltern gibt, gibt es auch Helikopterverkäuferinnen. Die hier tat so, als würde ich Lisbeth die Schuhe mit Reißzwecken auslegen, wenn ich sie eine halbe Nummer größer kaufte. Sie malte mir in wolkigen Worten aus, welche Verantwortung ich hätte und dass ich die Schuld tragen würde, wenn das Mädel das Hinken anfängt. Ich bitte Sie, die hat doch keine Ahnung. Das Paar kostete 90 Euro! Ein guter Schuh ist das auch wert, dass wir uns da nicht falsch verstehen. Die billigen sind aus Plaste und die Sohle ist mit Pappe beklebt. Wenn Se es damit tatsächlich ohne Blasen einmal in den Regen geschafft haben, sind die Dinger spätestens danach hinüber. Nach dem Trocknen wellen sich die Sohlen, und es ist vorbei mit der Herrlichkeit. Nee, schon Oma Strelemann hat immer gesagt: «Wir sind zu arm, um billig zu kaufen.» Bis heute hat das seine Richtigkeit, glauben Se mir!

Aber so teures Schuhwerk muss man auch so kaufen, dass es dann den ganzen Winter über passt. Wir sind ja alle nicht Onassis' Töchter, nicht wahr? Und man kann eine Einlegesohle reintun oder Lisbeth zwei Paar Strümpfe tragen lassen, dann ginge das schon. Die wächst doch da noch rein! In dem Punkt war sogar Ariane auf meiner Seite. Das Mädel ist nämlich mit Vernunft gesegnet und auch eine Praktische. Nee, von der Belehrerverkäuferin wollte ich nichts kaufen. Wir sind in einen anderen Laden gegangen, wo wir freundlicher und kompetent bedient wurden. Lisbeth bekam einen schönen, stabilen Schuh mit einem Häschen am Schaft. Die nette Verkäuferin empfahl noch ein Pflegespray, aber ich schwindelte ein bisschen und sagte, wir hätten schon eins.

Ich glaube, da schwindelt jeder, oder? Da, und wenn der Händi wieder was Neues einspielt und man bestätigen muss: «Ich habe die Bedingungen gelesen». Die Bedingungen sind 200 Seiten lang und Anwaltskauderwelsch, kein Mensch außer Ilse hat das je studiert. So viel Zeit hat doch niemand! Und ich habe unterm Spülschrank auch nicht Platz für ein Dutzend verschiedene Sprays für die Mauken. Bei mir werden die Schuhe mit

Lederfett eingerieben und ordentlich poliert, dann sind sie sauber und glänzen. Ich brauch Schuhsprays genauso dringend wie eine Warze am Zeh. Aber bevor ich mit den Verkaufstanten da lange Diskussionen anfange, sage ich einfach «Danke, ich habe ein Pflegespray» und lächele. Das erspart allen eine Menge Zeit.

Mir tun ja die Männer in Schuhläden immer ein bisschen leid. Wenn sie sich durch 200 laufende Meter Pömps mit Schischi, blinkenden Schmetterlingen und rosa Schnürsenkeln gekämpft haben, stehen sie letztlich vor den Herrenschuhen. Da gibt es im Grunde nur drei Modelle: erstens so schwarze Lackschuhe, die für Hochzeiten und Beerdigungen geeignet sind oder wenn se mal Kai Pflaume in einer Rateshow vertreten müssen, Sportschuhe, die auch atmen können, und drittens solche Altherrenmodelle, zu denen aber sogar Ilse sagt: «Nee, komm, Kurt, wir gucken woanders, das ist ja nur was für ganz Alte.» Es gibt so gar nichts Flottes! Ilse hatte letzthin Glück und hat beim Teleschopping zwei Paar gute Schuhe für Kurt erwischt (taubenblaue Slipper aus Hirschleder, und gleich noch ein zweites Paar in gedecktem Braun. Aus Elch, denken Se nur!). Die sind butterweich, und Kurt läuft damit wippend wie ein junger Kerl auf Freiersfüßen. Die sind nicht so fein und eher für den Winter, aber trotzdem federleicht und ganz, ganz schöne Qualität. Da haben Gläsers gut gekauft.

Zu Hause zeigte die Lisbeth ganz stolz die neuen Schuhe vor. Ach, es war ein schöner Nachmittag!

**Eins habe ich gelernt in meinem langen Leben:
Wenn etwas zu leicht geht, ist es nicht richtig.
Dann hat die Sache einen Haken.**

Ich musste es mir langsam abgewöhnen, immer vom
«Bau» oder von der «Baustelle» zu reden. Es war ja
längst ein Haus geworden! Alles ging derweil sehr zügig
voran, trotz kleiner Pannen hier und da.

Da heißt es dann eben die Nerven zu behalten. Man
lernt ja viel in einem langen Leben, und jeden Tag
kommt noch was hinzu, egal, wie alt man ist. Aber
das Wichtigste, was ich gelernt habe, kann ich mit drei
Worten sagen: Es geht weiter. Es geht immer irgendwie
weiter! Wenn eine Tür zuschlägt, öffnet sich woanders
zumindest ein Fensterchen.

Jawoll, es wäre vielleicht bequemer, über die Schwelle
zu gehen, und es ist ein bisschen mühsam, sich zu stre-
cken (oder Räuberleiter zu machen, hihi) und sich durch
das kleine Fensterlein zu zwängen, aber es lohnt sich.
Man darf keine Angst vor dem haben, was kommt, muss
immer neugierig bleiben auf das Neue und mit Anstand
das Beste aus dem machen, was möglich ist. So kommt
man ganz gut zurecht. Glauben Se mir: Vertrauen Se auf
sich selbst!

Wissen Se, wenn ich sehe, an was die Leute alles glauben, da schüttele ich so oft den Kopf. Die glauben an Horoskope, die glauben, wenn ihnen einer eine Erbschaft aus Nigeria verspricht und dass sie mit Hackrezepten vier Kilo in drei Tagen abnehmen können, aber sie glauben nicht an sich und an das, was sie können. Das ist sehr traurig!

Das Dach war drauf und die Fenster drin, im Grund war nun alles dicht, und es konnte uns nichts Schlimmes mehr passieren. Die Trockenbauer und die Elektriker arbeiteten gleichzeitig und zogen Kabel, klebten Gipskarton und schmierten mit Spachtelmasse alles zu. Sogar die ersten Maler waren schon da. Das war ja auch ein Streitpunkt, sage ich Ihnen. Die jungen Leute mit ihrem Hang zum Kahlen ließen ja alles nur weiß pinseln. Es sah aus wie eine Lagerhalle, kein bisschen gemütlich. Ich habe mit Engelszungen auf Ariane eingeredet und war sogar mit Ilse mit schönen Tapetenmustern bei ihr, aber es führte kein Weg hin. «Kitschigen Plünz» nannte sie die schönsten Muster, die ich für sie ausgesucht hatte. Es ist ja ein Traum, was es da heutzutage alles gibt. Früher, da konnten wir nur aus vier Mustern wählen und standen selbst dafür noch stundenlang Schlange. Und heute? Es gibt so hübsche geblümte Tapeten! Mit Brokatkante, mit Seide drin und sogar Landschaften mit Gebirge und Hirsch kann man sich ankleben lassen. Selbst eine Tapete, die aussieht, als wäre die Wand gar nicht verputzt, kann man sich anpinnen, denken Se nur! Da frage ich jedoch nach dem Sinn. Natürlich war das die einzige, bei der Ariane kurz überlegte, aber sie entschied letztlich doch: Alles muss weiß. Na, sie wird es schon sehen, wie schnell sie Patschehändchen von den Mädels dran hat.

Es war ein einziges Gewusel, ich kam gar nicht mehr nach, mir zu merken, welcher Herr wie hieß und ob er nun eine oder zwei Bockwurst zur Kartoffelsuppe bestellt hatte. Denken Se sich nur, sogar die ersten Möbel wurden schon angeliefert! Der richtige Umzug sollte erst im Frühjahr losgehen, aber Ariane hat, modern wie se is, vom Sofa aus Schränke bestellt. Mir wäre das ja nicht, wissen Se, man muss doch mal probieren, wie die Schubladen gleiten, ob die Türen richtig schließen und ob sie auch stabil und solide sind. Diese jungen Leute!

Stefan erlaubte Gunter, schon mal mit dem Aufbau der Schränke anzufangen. Er verbot ihm jedoch zu bohren, zu sägen oder sonst irgendein Gerät mit Elektro zu benutzen, und er bestand darauf, dass ich die Angelegenheit beaufsichtige, und ihn sofort anzurufen, wenn Gunter «wesentliche Veränderungen am Möbel vornehme».

Gunter ist ganz prima im Schränkeaufbauen, da kann man nicht meckern. Also, das Grobe kriegt er gut hin. Er weigert sich ja, in eine Bedienungsanleitung zu gucken. Wenn Se mich fragen, ich bin mir nicht mal sicher, ob Gunter überhaupt lesen kann. Der packt die Bretter aus und schmeißt erst mal die ganze Pappe weg, dass man nicht mal im Notfall was umtauschen oder zurückgeben kann. Unmöglich, der Mann! Gunter meint, er lässt sich nicht von Studierten vorschreiben, wie er einen Schrank aufbaut, und legt immer einfach los. Sogar bei den guten neuen Sachen für die jungen Leute! Mir war ein bisschen mulmig. Er nahm einen Hammer und einen Schraubenzieher, drehte hier und da was rein, klopfte mit einem entschlossenen Ruck zu und kam gut voran. Da hat er schon recht, der Gunter, genau, wie eine richtige Hausfrau im Gefühl hat, wie man einen Eintopf abschmeckt und dafür kein Rezept braucht, so braucht ein richtiger Handwerker auch keine Anleitung, um einen Schrank zusammenzufrickeln. Meist behält er eine Handvoll Schrauben über. Ab und zu vielleicht noch eine Leiste. Viel mehr aber nicht. «Die lejen werksseitig immer ein bisschen mehr bei, als Reserve», erklärte Gunter die Angelegenheit. Ich kann mir das zwar nicht denken, wo die doch heute an allen Ecken und Enden sparen, aber bitte. Bisher ist alles stehen geblieben, was er aufgebaut hat, und wenn nicht, lag es am Material. «Allet nur Pressspan und billije Pappe.» Manchmal zieht er zur Verstärkung auch massive Holzbretter ein, von denen er auch einige im Bauschuppen vorrätig hat. Das ist zwar rohes, unbehandeltes Holz, aber der Schrank steht mit der Einlage viel stabiler, das muss man schon sagen. Andererseits ist es möglich, dass er vielleicht auch sicher stehen würde, hätte Gunter wenigstens versucht, die übriggebliebenen Schrauben einzudrehen. Na ja. Wie auch immer. Ein paarmal war ich versucht, Stefan anzuwählen, aber irgendwie kriegte Gunter doch die Kurve und ließ mich ab und an was festhalten. Ich wäre gar nicht zum Telefonieren gekommen!

Als der große Schlafstubenschrank vor uns stand, war Gunter mächtig beeindruckt und meinte, darin könnte man auch einen Ochsen einsperren. Ich glaube zwar nicht, dass Ariane das vorhatte, aber es wäre ihr doch wohl so oder so ganz recht gewesen, wenn die Bretter, die Gunter zusätzlich eingezogen hatte, gehobelt gewesen wären. Man fängt sich doch nicht so gern einen Splitter in die guten Kleider! Auch waren die Böden so … schräg, dass einem alles entgegenrollte. «Da müsst ihr hinten watt Schweres hinstellen, dann zieht sich das vorne janz automatisch hoch und is grade», entschied Gunter zufrieden. Nach einem letzten stolzen Blick auf sein Werk machte er sich auf den Weg nach Hause, schließlich musste er noch das Vieh versorgen.

Als er weg war, kam Stefan. Der Junge schimpfte nicht, sondern baute nur wortlos das splittrige Brett aus, hobelte es glatt und schraubte es wieder ein. Er musste nur zwei Pübbel versetzen, und schon passte das Regal wasserwaagengerade. Der Schrank war nun perfekt! Ich war ganz begeistert, was der Bursche alles kann. Am Ende haut der hier noch einen Nagel gerade in die Wand?!

Sehen Se, das ist es, was ich meine: Jeder gibt sein Bestes, hilft mit, und alle arbeiten zusammen. Einer macht das Grobe, der andere die Feinarbeiten. Man stellt sich nicht bloß, sondern hilft sich auch mal diskret und ohne es an die große Glocke zu hängen. So kommt was Vernünftiges dabei raus, mit dem alle zufrieden sind und wo jeder stolz auf das sein kann, was er geschafft hat. Das gilt für die Baustelle und die Backstube genauso wie für die große Politik, sach ich Ihnen!

Diese Bedienungsanleitungen, von denen Gunter Herbst nichts hält, sind ja auch ein Thema für sich. Erst mal muss man sie zwischen Pappe und Styropor überhaupt finden. Und wirklich helfen tun die einem auch nicht, da kann ich Gunter schon verstehen:

1. Auspack und freu.
2. Nippel A kaum verklappen in Meppel B für sicher Puff von Milchkante 3000.
3. Für Kleber C in Pomadeleim oder Jacke von Lebenspartner einfraesen und laecheln fuer Erfolg mit Toilette. Toi, Toi frisch!
4. Unter eigens Schrankpapier setzen auf Schniepel.
5. Fuer kaput Strom leer viel zu Blumenstuhl beschweren Schraubenzieher, Hammer.
6. Karton brumm freu!

Ich habe das mit Lesebrille, mit Weitsichtbrille und sogar mit Gunters Brille gelesen. Es machte auch keinen Sinn, wenn man die Worte umstellte oder mit Punkt 6 begann. Bestimmt musste man dazu Fremdsprachen studiert haben!

Und haben Se mal darauf geachtet, wie viel Styropor

die einem um die Möbel kleben? Waggonweise! Es ist unglaublich. Wissen Se, im Grunde könnte man das prima für die Hausillusierung verwenden. Also, für die Wärmedämmung. Da braucht man das gleiche Zeug. Auf die Idee bin ich aber erst gekommen, als das Dach schon drauf und die Illustrierung verklebt war. Man müsste die Möbel vorher kaufen, aber das geht ja alles nicht. Wer hat schon den Platz, die aufgebaut zwischenzulagern … und zweimal Ab- und Aufbauen überlebt die meiste Schwedenpappe nicht, da reißen einem doch die Pübbel, die die Böden halten, aus. Es ist wirklich ärgerlich. Wir haben den Styropor recht kleingeknipst. Das war eine schöne Arbeit für Ilse und die kleine Lisbeth. Es dauerte wohl einen ganzen Tag. Am zweiten haben wir das ganze Geraffel dann in Säcke gefüllt. Sehen Se, ich sagte ja, jeder fasste mit zu! Jeder half, wie er konnte, und so sparten wir schon wieder eine Menge Zeit. Gunter und Kurt fuhren die Säcke zum Rohstoffhof. So was kann man nicht einfach in die Müllcontainer tun, das geht nicht! Schließlich muss man auch die Umwelt schonen.

Umwelt ist wichtig, wir haben nur die eine! Ich bin zwar ein bisschen älter, aber im Koppe noch deutlich reger als zum Beispiel dieser Tramp, der da jetzt in Amerika rumregiert und der das alles abstreitet mit den Wechseljahren. Nee, warten Se … Klimawechsel meine ich. Wandel. Also, dass es plötzlich heiß wird. Ich bücke mich nach jedem Bonbonpapier, das ich im Park sehe, selbst, wenn die Hüfte knarzt. So was kann ich nicht sehen! Ich kaufe auch das graue Toilettenpapier, selbst, wenn das weiße eigentlich angenehmer ist. Davon habe ich nur eine Reserverolle, wenn ich mal Durchfall habe. Dann muss man schon das Weiche nehmen, wissen Se, sonst ... nee. Spätestens nach dem zweiten Tag stelle ich auf das Flauschige um.

Gertrud nimmt immer das Flauschige. So eine Verschwendung! Erst mal kostet es viel mehr, und die arme Umwelt ... da kann man doch Papier nehmen, das schon mal verwendet wurde! Also, anders. Als anderes Papier als Toilettenpapier ... ach, lassen Se mich das Thema wechseln. Es ist nicht sehr appetitlich, und man spricht nicht über so was.

Ich hatte extra beim Gugel die Öffnungszeiten vom Wertstoffhof nachgeguckt und zur Sicherheit angeklingelt, Angaben aus dem Internetz stimmen ja oft nicht. Aber hier war alles richtig, Gunter und Kurt sind mit der ersten Fuhre los. Bald 20 Säcke passten auf den Hänger. Als sie auf dem Wertstoffhof ankamen, waren noch drei davon da.

Das Zeug ist ja doch sehr leicht, selbst einen vollen Sack kann eine schwache kleine Oma wie Ilse gut tragen (und die macht schon die Friedhofskannen nur halbvoll, weil es ihr zu schwer ist!). Gunter und Kurt hatten jedenfalls den Tag über zu tun, die Säcke wiederzufinden. Man kann das ja nicht am Straßenrand liegen lassen, ich bitte Sie! Unsere Generation ist noch zu Anstand erzogen und schmeißt weder Kaffeebecher noch Kaugummipapier achtlos weg und lässt schon gar keine vollen blauen Müllsäcke herumliegen. Gut, Kaugummipapier schon aus Gründen, die ich hier nicht weiter ausführen will, wenn Se verstehen … und meinen Kaffee trinke ich IMMER aus der Tasse. Ich lasse mir doch keinen Pappbecher andrehen! Wissen Se, eine Tasse Kaffee kostet heute bald an die vier Euro, und da sind Se noch gut bedient, wenn Se einen Spritzer Kokosschampo drauf haben wollen, sind Se bald bei sechs Euro. Für den Preis kann ich ja wohl erwarten, dass man mir das Getränk in Porzellan serviert.

Na ja, wie auch immer, die Männer hatten eine Strecke von gut fünf Kilometern abzufahren, die zwischen dem neugebauten Haus und dem Wertstoffhof lagen. Es ist mir bis heute unverständlich, dass keiner der beiden ollen Zausel gemerkt hat, dass sie Fracht verlieren. Es waren ja nicht nur ein paar Brösel, sondern fast zwanzig Sack! Andererseits ist es durchaus beruhigend, dass sich Kurt mit seinen verbliebenen 40 % Sehkraft auf den Verkehr konzentriert und nicht noch groß nach hinten guckt. Der Mann fährt sachte und sicher, gewiss. Wenn man über 80 ist, greift das Tempolimit der Natur: Dann geht das alles nicht mehr so schnell, und der Koyota ist auch keine Rennsemmel. Wenn hinter uns einer hupt, bringt Kurt das nicht aus der Ruhe. Im Gegenteil, wenn es ihm zu bunt wird, fährt er rechts ran und zeigt dem nervösen Drängler mal, wie eine Rettungsgasse geht.

Ja, Kurt und seine Kuckwerkzeuge, ich sage Ihnen, es wird nicht besser: Wilma Kuckert sieht durch die Gardine von der anderen Straßenseite aus, dass Herr Kalle nach meinem Erbseneintopf den oberen Hosenknopf aufmachen musste, wohingegen Kurt für teures Geld zwei Kilo Kiwis vom Edeka anschleppte, als Ilse ihn nach Kartoffeln geschickt hat.

Kurt und Gunter hatten jedenfalls gut zu tun, die Säcke wieder einzusammeln. Da keiner so genau wusste, wie viele es überhaupt gewesen waren, hat Ilse es gelten lassen, als 16 beisammen waren. Die meisten lagen gut sichtbar irgendwo am Straßenrand, und es war gar kein Problem, die zu finden. Aber nun stellen Se sich die Situation mal vor: Zwei betagte Herren halten und laden einen Müllsack auf. Eine Dame rief aus dem Fenster, dass sie noch eine alte Zinkwanne im Keller hat, die sie gleich holt und die noch mit soll, und als Kurt und Gunter nur ganz kurz nicht aufpassten, hatte der olle Jockel Bieber schon eine Karre voll Heckenschnitt in den Hänger geladen, weil er dachte, es wäre eine Abholung von der Stadt. Kurt erzählte, dass sie auch mit einer Truppe Schrottsammlern Ärger hatten, weil das «ihr Gebiet» war. Denen überließen sie ohne Murren zwei Säcke. (Sehen Se, da sind schon 18 beisammen. Das kommt ja dann fast hin.)

Eine Aufregung, sage ich Ihnen. Jeden Tag passierte was anderes. Es ist wirklich ein Abenteuer, ein Haus zu bauen, und wie schön war das, dass wir «olle Lüht», wie Oma Strelemann immer sagte, es miterleben durften. Wir fragten gar nicht groß, wir machten einfach, hihi!

Ilse entschied nach der Geschichte mit dem Styropor jedoch, dass Kurt nicht mit dem Koyota und Anhänger nach Leipzig fahren durfte, um das Sanitärkrams von Arianes Eltern abzuholen. Das war auch sehr vernünftig, ich pflichtete ihr bei. Wir hatten so viel gespart, dass man ruhig eine Spedition beauftragen konnte. Wer weiß, wo das Waschbecken und die Throne sonst gelandet wären!

Kurt Gläser, 87. Nominiert als «Deutschlands Handwerker des Jahres».

Wir holten unser Richtfest nach und nannten es «Das Haus ist nun so halbwegs fertig»-Fest. Richtig fertig ist man ja nie!

Einweihungsfest konnte man auch noch nicht sagen, wissen Se, in einigen Zimmern standen schon die ersten Schränke, in anderen fehlte noch der Putz an der Wand, und richtig wohnen konnte man da noch gar nicht. Aber das tat auch nicht Not, der richtige Einzug war erst für das Frühjahr geplant. Es war eher als Dankeschönfest für die Helfer gedacht. So was muss man schon machen, sonst reden doch die Leute!

Alle haben wir eingeladen, die beim Bau geholfen haben: Bogdan und Kalle, die Maurer, natürlich die Dachdecker, Zimmerleute, Sanitärfritzen, den Architekten und auch die Paukert vom Bauamt. Die kam zwar nicht (es war auch wirklich frisch auf dem Dixi-Häuschen), aber dafür ihre Schwiegermutter, die Else aus meiner Wasserdisco-Truppe. Stefan hatte ein paar Kollegen eingeladen, die drei blassen, die im Sommer zum Helfen da gewesen waren. Die kamen auch. Wir Alten hatten uns ein bisschen damit zurückgehalten, noch Leute dazuzubitten, wissen Se, es kamen auch ohne Einladung genug neugierige olle Weiber «zufällig vorbei». So ist es doch immer! Ich hatte lediglich Herrn Alex eingeladen und ihm geheißen, der Meiser und der Berber nichts zu sagen. Die Berber hat einen gesegneten Appetit. Wäre die gekommen, hätten wir zwei Platten Schrippen mehr machen müssen. Die würde ich einladen, wenn meine Wohnung dereinst fertig eingerichtet war. Alles zu seiner Zeit!

So ein Fest soll was ganz Besonderes sein. Da ist so vieles zu bedenken und zu planen! Wer hält eine Rede? Wie lautet der Richtspruch? Macht man das überhaupt, wenn es eigentlich gar kein Richtfest mehr ist? Und wo schlägt man dann diesen Nagel ein? Was – und vor allem wer! – macht was zu essen und organisiert ein Bierfass? Und wo kriegt man Tische und Bänke für die Gäste her?

Ach, so ein Richt-Einweihungs-Dankeschön-Fest vorzubereiten ist fast so schön, wie eine Hochzeit zu planen, und da bin ich ja Expertin.

Über das Essen müssen wir ja wohl nicht groß reden, denke ich. Das ist Ihnen bestimmt klar, dass Ilse, Gertrud und ich uns darum kümmerten. Wir machten aber kein Menü mit Schischi und vielleicht noch Wein zur Vorsuppe, sondern hielten alles eher rustikal.

Früher, ja, da wurde bei solchen Gelegenheiten ganz groß aufgetragen. Es gab sogar getrüffelten Kapaun. Da hat mein Otto lange Zähne gemacht, das war so einer, der nichts gegessen hat, was er nicht kannte. Sie kennen doch den Spruch «Watt der Bauer nich kennt, frett er nich» – «Was der Bauer nicht kennt, frisst er nicht». Ich musste ihm gut zureden und sagen, dass «Kapaun» nur Etepetete-Gequassel ist und sich im Grunde genommen Hähnchen mit Pilzen dahinter verbirgt. Dann hat er es gegessen, und es hat ihm geschmeckt. Die haben damals schon wichtiggetan und das Essen schön und kompliziert benannt. Kennen Se «Zartes Schweineparfait in Eigenhaut an Soße Bombay»? Das ist Currywurst. Oder diese Bio-Menschen, die sich gegenseitig Reste vom Komposthaufen verkaufen! Wissen Se, wenn ich Gemüse geputzt habe, haben sich die Kaninchen von Walter immer gefreut. Und heute? Das schmeißen se noch ein paar Veilchen oder Rosenblüten drüber, legen das in einen tiefen Suppenteller und verkaufen es für elfneunzich als «Wildkräutersalat». Die haben doch alle einen Knall. Halten Se mich nicht für altmodisch, aber das haben wir nicht mal nach dem Krieg gegessen. Selbst da haben die Hühner die leeren Erbsenschoten gekriegt. Stundenlang haben wir die ausgepalt, bis die Daumen wund waren. Keiner ist auf die Idee gekommen, die leeren Schoten als Salat anzumachen! Das kriegten die Karnickel oder die Hühner. Basta.

Da Kirsten im Sauerland friedlich mit ihrer Wünschelrute durch die Wälder streifte, machten wir hier ohne Rücksicht auf Schakra belegte Brötchen mit bunter Wurst. Auf die Hälfte der Hackepeterbrötchen machte ich reichlich Petersilie und ein bisschen Zwiebel, falls doch ein Vegetarier käme. Die Zwiebel ist die Pauke unter den Küchengemüsen, und die wirkt bekanntlich am besten, wenn man sie behutsam schlägt. Wir belegten auch ein paar Schrippen mit Käse, schließlich sollen sich auch solche weganen Leute bei uns wohl fühlen. Aber nicht zu viele, wissen Se, die bleiben doch immer liegen! Also, die Stullen. Wir rechneten, dass wir mit fünf Halben pro Person gut auskommen würden. Es gab ja auch noch kalte Buletten und kleine Schnitzelchen, einen Teller mit aufgeschnittenen Tomaten, ein paar saure Gurken (Ilse hat noch Eingemachtes von 77, das muss ja auch mal weg!) – also, da würden wir schon hinreichen. Es gibt ja starke Esser und solche, die nicht so kräftig zulangen. Gertrud zum Beispiel ist eigentlich ein sehr kräftiger Esser, aber die hatte sich gerade ... nun, wie sage ich das ... sie hatte sich das Speisezimmer neu einrichten lassen. Nee, das versteht man so nicht ... aber die dritten Zähne sind ein so sensibles Thema für uns ältere Herrschaften. Gertrud hatte also ... ach, sei's drum, wir sind ja unter uns: Sie hatte den Klappermann neu. Zum Erzählen nahm sie das Ding schon rein, da drückte nichts mehr, und es ging ganz flüssig. Nur zum Essen, da waren sie noch nicht hinreichend eingetragen. Da nahm sie die Kauleiste diskret raus. Das war aber selbst für Gertrud, die im Grunde keine Feine ist, in so großer Runde keine Möglichkeit der Wahl, und deshalb fiel sie als großer Esser aus.

Natürlich hätte man auch Spanferkel machen können, aber das ist wieder mit offenem Feuer. Das wäre zwar zur Freude von Kurt gewesen, aber wir waren gerade erst im Fernsehen, als die Feuerwehr beim Grillfest im «Haus Seerose» wegen der Stichflamme ausrücken musste. Außerdem ist Spanferkel immer so eine Sache, meist hat man mehr Schwarte und Speck als alles andere. Nee, belegte Brötchen waren das Richtige.

Es wäre natürlich ein Wunder gewesen, wenn die Schlode mit den Engelchen nicht zum Singen gekommen wäre. Das war ja gar nicht zu vermeiden, und wir trugen es mit Fassung und rätselten, was sie wohl zu Gehör bringen würde. Stefan sagte «Hauptsache, nichts von EINSTÜRZENDE NEUBAUTEN» und kicherte. Ich verstand nicht so recht, warum, aber bestimmt hatte er wieder was Unverschämtes gesagt. Diese jungen Leute! Manchmal sagen die Sachen, die wir Alten nicht kennen, und dann gibt es wieder ein Missverständnis. Ich weiß noch, vor ein paar Jahren. Stefan war damals Junggeselle, an Ariane war noch gar nicht zu denken und an Lisbeth und die kleine Agneta erst recht nicht. Da war er an Weihnachten bei mir. Als ich fragte, was wir wohl zusammen im Fernsehen anschauen wollen, sagt doch der unverschämte Bengel: «Stirb langsam».

SAGT DER ZU MIR «STIRB LANGSAM»!

Eine Frechheit! Ich habe ihm eins mit dem Abwaschlappen um die Ohren gegeben, eine links und eine rechts. Aber es gibt wohl einen Schießfilm, der so heißt und den das Zweite gerne an den Feiertagen zeigt. Stefan wollte mich also zu nichts auffordern.

Natürlich gab der Kinderchor wieder «Wer will fleißige Handwerker sehen» zum Besten, viel Phantasie hat die Schlode eben nicht. Am Anfang des Liedes hatten die Kinder ja noch Lust und sangen fröhlich und motiviert mit, aber zum vermeintlichen Ende hin ließ das alles nach, und es sang fast nur noch die Dirigentin. Ich schreibe «vermeintlich», weil es da natürlich noch lange nicht vorbei war. Es ging ganz harmlos los mit den neun Strophen, die ich auch mit Lisbeth oft singe:

Wer will fleißige Handwerker sehn,
der muss zu uns Kindern gehn.

Also, so fängt jede Strophe an. Das schreibe ich nur einmal, damit die in der Druckerei nicht so viel Papier kaufen müssen, es ist ja immer dasselbe. Es muss ja nicht sein, dass ein Baum stirbt, nur weil die Schlode kein

Maß kennt. Nach den ersten beiden Zeilen ist jeder Vers ein bisschen anders. Cornelia Schlode hat in langen, einsamen Nächten, als sie wieder ihre Hitzewallungen hatte und dem Herrn Pastor nachweinte (der sich nämlich auf die Kirche und seine Schäfchen besann und sie wieder aus dem Pfarrhaus hat ausziehen lassen), einige Strophen umgedichtet:

Stein auf Stein, Stein auf Stein,
das Häuschen wird bald fertig sein.

Oh wie fein, oh wie fein,
der Glaser setzt die Scheiben ein.

Tauchet ein, tauchet ein,
der Maler streicht die Wände fein.

Zisch, zisch, zisch, zisch, zisch, zisch,
der Tischler hobelt glatt den Tisch.

Poch, poch, poch, poch, poch, poch,
der Zimmermann klopft auf dem Dach!

Stich, stich, stich, stich, stich, stich,
Frau Gläser näht Gardinen hübsch!

Rühre ein, rühre ein,
der Kalk, der wird bald fertig sein.

Trapp, trapp drein, trapp, trapp drein,
jetzt gehn wir von der Arbeit heim.

Nun hätte man ja wirklich denken können, wir haben
endlich Ruhe, aber da kennen Se Cornelia Schlode
schlecht. Als letzte Strophe ließ sie nämlich singen:

«Hopp, hopp, hopp, hopp, hopp, hopp,
jetzt tanzen alle im Galopp.»

Das war das Zeichen für die stämmige Sophie. Wie
durch Zauberhand hatte die auf einmal ihr rosa Tüll-
röckchen über die Hose gestreift und tanzte, während
alle anderen Kinder im Kreis um sie herumstanden und
klatschten. Am lautesten klatschte die Schlode. Genau
genommen klatschte, dirigierte, sang und tanzte sie
in einem. Als wir im Sommer in Gläsers Garten Erd-
beertorte gegessen haben und Ilse eine Wespe auf der
Kuchengabel entdeckte, machte sie so ähnliche Bewe-
gungen. Die Maurer hatten das Geträller ja schon einige
Male erlebt und waren es gewohnt, die sagten nichts,
sondern nippten nur verlegen an ihrem Bier. Ariane
stand mit dem Baby auf dem Arm neben mir und sagte
leise, aber so laut, dass ich es hören konnte, zu Stefan:
«Na, den Rüttler zum Verdichten können wir uns im
Garten sparen. Wir lassen die einfach noch mal zum
Tanzen kommen.» Ich zwinkerte zu Ariane rüber und
zeigte den Daumen hoch, und Ariane zwinkerte zurück.
Da staunen Se, nich? Das habe ich schon vor Jahren vom

Stefan gelernt. Wir wandten uns wieder dem Gesang zu, und ich guckte auf die Uhr. Wenn der Kinderchor das Singen anfängt, ist es wie mit einer Oper von Richard Wagner: Man hat das Gefühl, dass es vier Stunden geht, und wenn man nach drei Stunden auf die Uhr guckt, sind gerade acht Minuten um.

Natürlich wollte Frau Schlode auch den Männerchor antreten lassen, das war ja gar nicht zu vermeiden. Wir hatten vorher ein langes Gespräch und hatten uns nach schwierigen Diskussionen geeinigt. Einerseits ist es ein feierlicher Moment, wenn man so auf die zurückliegenden Monate schaut. Da ist ein bisschen netter Gesang im Grunde schon passend. Aber es muss sich ja nicht hinziehen, bis es dunkel wird! Ich wandte also eine List an und legte ihr nahe, doch nicht nur die Kinder, sondern auch den Männerchor auftreten zu lassen. Kurt hatte gerade sein Jubiläum im Chor und musste sowieso einen ausgeben, da hatten Ilse und ich überlegt, dass wir ein paar Brötchen mehr schmieren und das Einjährige für die ollen Sangesrochen gleich mit bei der Einweihungsfeier begießen. So hat man nur einmal den großen Hans und fängt nicht zweimal mit Brötchenschmieren und Abwasch an. Es ist auch immer von Vorteil, wenn die Schlode mit den Männern singt. Die werden ungemütlich, wenn sie überzieht und sie so lange trällern müssen. Es sind alles Herren in Kurts Alter, wissen Se, die wollen ihre drei Lieder absingen und dann zwei, drei Bier. Von denen lässt sich keiner von einem ausgemusterten Pfarrersliebchen zum Darben verdammen.

Cornelia Schlode ist eine herzensgute Person, die nur nicht merkt, wann es genug ist. Die Herren sangen gerade was von einem gewundenen Jungfernkranz, als Elfie Hecht, die selbstverständlich auch gekommen war, dem Kulturprogramm ein jähes Ende machte, indem sie rief: «So, Ruhe jetzt. Es ist genug gesungen. Der Schnaps schmeckt ja schon nach Glas!» Dann stieß sie mit dem Herrn Alex an.

Gertrud war derweil mit dem Tablett rumgegangen und hatte Sekt, Apfelsinensaft und Korn ausgeteilt. Die Schnapsgläser sind ja heutzutage kümmerlich. Die muss man mit zwei Fingern zum Mund balancieren, wenn sie halbwegs voll sind. Und voll muss man sie schon machen, damit es überhaupt ein Einfacher ist, von einem Doppelten gar nicht zu reden. Am Ende kleckert man sich vielleicht noch voll und es riecht – das macht doch einen schlechten Eindruck. Deshalb hebe ich immer die kleinen Gläschen auf, in denen Amarenokirschen drin sind. «Sto Gramm», sagt der Russe dazu. Da geht wenigstens was rein! Wenn man schon anstößt, muss auch was im Magen ankommen und nicht auf dem Weg dahin verdunsten. Gertrud lächelte jeden mit ihrem neuen Speisezimmer an (jetzt wissen Se ja, was das ist!) und ermunterte alle, kräftig zuzugreifen. Als jeder ein Getränk hatte, legte Stefan seinen Arm fest um Ariane, die das gnäckelnde Baby sanft wiegte. Er dankte allen Helfern, den Bauleuten, seiner Familie und ganz besonders mir, was mir aber sehr unangenehm war. Ich wollte die finanziellen Zusammenhänge nicht in so großem Rahmen erläutert haben und rief einfach «Prost». Wir stießen an und tranken aus.

Die, die Korn genommen hatten, schüttelten sich und rangen nach Luft. «Alles Weißweintrinker», dachte ich bei mir, während ich zum zweiten Glas griff. Auf einem Bein kann man schließlich nicht stehen!

Beim Einweihungsrichtfest waren selbstredend auch die blaublütigen Fürstenbergs, Arianes Eltern, zur Stelle. Monika lud eine riesige Platte mit belegten Brötchen aus dem Auto. «Das sind Canapés», flötete sie. «Greifen Sie nur alle tüchtig zu!» Die Schnittchen waren vom Partyservice und nicht selber geschmiert, das sah ich auf den ersten Blick. Monika stellte ihre prächtige Angeberplatte zu unseren belegten Brötchen auf die Tapeziertafel, die die Männer aufgebaut hatten. Ilse hatte mit dem ganz langen Tafeltuch ihrer Mutter alles sehr hübsch dekoriert. Das hat sie gerbt, es ist vier Meter lang, und jeder, der noch ein bisschen Sinn für Gutes und Schönes hat, beneidet sie darum. Ilse hat das Tafeltuch ihr Leben lang gehütet wie ihren Augapfel, aber seit ihre Tochter «hässlicher Knitterlumpen» dazu gesagt hat, legt sie es öfter auf. «Es hat gar keinen Sinn, es für Regina aufzusparen. Die weiß das sowieso nicht zu achten», hat sie zu mir gesagt. Und recht hat se! Was soll man sich die Sachen immer «für gut» weglegen? Wann ist es schon mal gut genug? Nee, ich sage immer, wir sollten uns gut genug sein für nur das Beste! Was nützt es, wenn ich in gestopfter Bettwäsche schlafe und im Schrank liegen, originalverpackt und noch nicht mal aufgewaschen, Luxusbezüge? Wenn ich dereinst heimgerufen und begraben bin und der Entrümpler aufräumt, ja, meinen Se, der sagt «Och, guckt mal, was die Bergmann für schöne Bettwäsche hatte, die wollen wir mal für gut weglegen»? Im Leben nicht! Der schmeißt die in den Lumpensack und guckt nicht mal hin, ob nicht am Ende noch ein Notfallgeldschein dazwischen steckt. Das habe ich Ilse gesagt. Sie hat traurig geguckt, aber letztlich genickt. Seither legt sie das Prachtleinen immer auf, wenn wir was zu feiern haben – und ich frage Sie, wenn ein Baustellendankesfest nicht ein angemessener Anlass ist, was denn dann? Ilse hatte auf den mit Mutters Tafelleinen geschmückten Tapeziertisch auch drei üppige Blumensträuße gestellt. Die letzten späten Astern streuten ihren gelben Blütenstaub jedoch schon beim ersten kleinen Rempler über Monikas lackierte Edelschnittchen, sodass keiner mehr mit rechtem Appetit danach griff. Ich bitte Sie, so ein Handwerker nimmt doch auch eher eine deftige Schmalzstulle mit saurer Gurke! Das sollte eine Frau, die im Sanitärhandel arbeitet, eigentlich wissen. Ich hielt den Mund, um ihn mir nicht zu verbrennen. Man verscherzt es sich nicht gern mit der Verwandtschaft, auch nicht mit der angeheirateten. Und wer weiß, vielleicht brauche ich demnächst noch einen Duschhocker für mein Spandauer Bad?

Bis auf das gute Tafeltuch hatten wir alles rustikal gehalten; die einfachen Teller für alle Tage hingestellt und das Küchenbesteck, nicht das gute Familiensilber, das Oma Strelemann im Garten vergraben hatte, als der Russe kam. Biergläser hatten wir gar nicht erst mitgenommen, wissen Se, Handwerker sind Flaschenkinder. Die nehmen kein Bierglas. Bis das umgefüllt ist, ist der Durst aus der Flasche schon längst gestillt.

Wie ich schon sagte, wir hatten alle zum Fest gebeten, die mitgeholfen hatten. Die Maurer, die Trockenbauer, die Zimmerleute, die Klempner, die Fensterbauer, den Architekten, alle neuen Nachbarn – selbstverständlich auch Wilma Kuckert. Ilse war deswegen gar nicht richtig entspannt und passte die ganze Zeit über nur auf, dass Wilma und Kurt sich nicht näher kamen. (Sicherheitshalber versteckte ich das Fleischmesser im Kamin.) Es war eine große Meute von an die 60 Personen, der Männerchor und die Kinder mitgerechnet. Monika machte mit kleinen Gruppen Führungen über den Bau und tat so, als hätte sie hier Regie geführt: «Hier kommt das Schlafzimmer hin, und hier, die Badewanne, schauen Sie mal! Die haben mein Mann und ich selbstverständlich zur Verfügung gestellt, genau wie alle anderen Sanitäreinrichtungen hier.» Ich biss mir auf die Lippen und lächelte, aber Gertrud sprang ein. Sie zeigte jedem die klitzekleinen Schrammen und sagte: «Zweite Wahl, war abgeschrieben. Aber man sieht es ja kaum, wenn man nicht genau weiß, dass es ein Fehler ist», und lächelte Monika falsch an. Die kochte, sage ich Ihnen.

Ach, mein Trudchen! Als wir die Treppe hinabstiegen, drückte ich ihre Hand. Die anderen dachten, weil ich mich festhalten musste (es war ja noch kein Geländer dran, und ich hatte zwei Korn!), aber beste Freundinnen verstehen sich auch ohne Worte! Ich war ihr sehr dankbar.

Es war ein schönes Fest. Monika schleckerte den ganzen Nachmittag am Eierlikör, der mundete ihr sehr. Ich weiß, dass der in den Kopp geht, schauen Se, da ist schließlich Primasprit mit fast 80 % drin. So kann man den natürlich nicht trinken, deshalb verdünne ich mit Doppelkorn. Aber nicht zu doll, wenn er wässrig schmeckt und keinen Spaß bringt, ist das ja auch nichts. Der Herr Bürgermeister hat seinerzeit am Karnevalsbeginn, als die Narren das Rathaus übernahmen, auch nicht glauben wollen, dass es mein Eierlikör in sich hat. Die Sekretärin hat ihm den halben Nachmittag lang kalte Umschläge machen müssen, damit der am Abend die Sitzung wieder vorzeigbar für war. Und Ilse ist bei mir im Treppenhaus das Geländer runtergerutscht, so beschwingt … na ja. Hihi. Monika machte er jedenfalls gesellig. Nicht lange, und sie sang laut und schief «Du hast ein knallrotes Gummiboot» und tanzte dazu ganz obszön an der Gerüststange. Manfred wusste gar nicht, was er sagen sollte. Sie winkte ihm aufgedreht zu und rief: «Vatichen! Guck mal!», und kreiste das Becken. Monika sprach von Manfred immer als «Vatichen», das hatte gar nichts mit dem Eierlikör zu tun. Ich kann Ariane gut verstehen, dass sie zum Studieren nach Berlin gegangen ist. Mutter hat meinen Vater nie «Vatichen» genannt. Sie rief «Ewald», und zwar laut und deutlich, nur manchmal des Nachts nannte sie ihn «Jaduwilderstier».

Meine Männer waren allesamt schon unter Tage, bevor sie auf so einen Quatsch wie «Muttilein» gekommen wären. Manfred wollte Monika einfangen, aber das machte sie nur noch wilder, und sie tanzte mit dem Maurerpolier auf der Bierzeltbank. Ich riet «Vatichen», sich nicht aufzuregen, wir waren schließlich mehr oder weniger unter uns. Stattdessen gab ich ihm den Tipp, Fotos zu machen. Damit hätte er immer ein Argument, wenn es zu Hause mal Zank gab.

Wir machten noch ein schönes Erinnerungsbild. So ein Tag muss schließlich für die Ewigkeit und für den Fäßbock festgehalten werden. Auch, wenn das Interweb angeblich nichts vergisst, ließ ich ein paar Abzüge von der Fotografie entwickeln. Ich glaube das nämlich nicht, dass das Netz nichts vergisst! Wenn ich beim Gockel eingebe: «Wo ist meine Lesebrille?», dann weiß das auch nie eine vernünftige Antwort!

Ilse arrangierte lange, bis wir alle richtig standen. Sie ist in jeglicher Form von Familienangelegenheiten erfahren und weiß Rat wie keine Zweite. Die können Se nicht nur wegen Stammbaum fragen und was Perlenhochzeit ist, nee, Ilse weiß ALLES. Die hat immer gute Tipps in petto. Bei Gläsers stehen zum Beispiel bei Feierlichkeiten die angeheirateten Schwiegersöhne und -töchter grundsätzlich außen, wenn fotografiert wird. Ilse macht das mit Bedacht, wissen Se, im Scheidungsfall muss man dann nicht das ganze Bild verbrennen, sondern kann die ehemaligen Partner einfach wegschneiden. Merken Se sich das, das ist sehr praktisch. So stellte sie auch unsere Gäste vor dem Haus auf.

Monika kam ganz an den Rand!

Huch, nun gucken Se mal auf die Seitenzahl. Jetzt habe ich mich ganz schön verplappert und muss wohl zum Ende kommen. Papier ist nämlich nicht nur geduldig, sondern auch teuer. Ich kann das nicht ab, wenn ein Buch so dick ist und der Schreiberling über 800 Seiten erzählt, wie der Wind durch die Wipfel ging und die Zweige tanzen ließ, aber die Handlung hätte auch auf 20 Seiten gepasst. Sie kennen mich ja nun schon ein bisschen, bei Renate Bergmann ist alles zackig und knackig, bis hin zu Rücken, Knie und Hüfte.

Das Richtfest war gefeiert, und das Dach war rechtzeitig drauf. Gott sei Dank, so konnte nun alles schön trockenfrieren. Da waren sich Gunter und Kurt mit den Maurern und sogar dem Architekten einig: Der Bau muss einen Winter lang Frost kriegen und richtig durchfrieren. Nichts ist doch schlimmer, als wenn man dem Haus nicht genug Zeit gibt. Dann hat man den Schimmel hinter jedem Schrank, und im Keller verfaulen einem die Kartoffeln. Spinnen sind ein gutes Zeichen, wenn Se Spinnen in der Wohnung haben, können Se sicher sein, dass das Haus trocken ist.

Die kleine Lisbeth machte uns viel Freude, genau wie Baby Agneta. So ein Wonneproppen! Sie schlägt ein bisschen nach ihrer Oma, das muss ich einräumen. Wenn sie einkäckert, macht sie eine Schnute genau wie Monika, wenn sie Manfred wieder die Leviten liest.

Wir waren am Tag nach dem Einweihungsdankesrichtfest noch mal zum Haus gefahren, um das Geschirr zu holen. Ich drängte auch darauf, dass wir uns gleich noch daranmachten, die vielen Apfelbäume, die die jungen Winklers zum Richtfest bekommen hatten, einzupflanzen. Was erledigt ist, ist erledigt, und der Spätherbst war die beste Zeit dafür! Den Spruch mit dem Haus, dem Sohn und dem Baum kennt ja wirklich jeder, sogar die jungen Leute. Da können Se sich ja denken, was bei der Einweihungsfeier los war: Vierzehn Apfelbäumchen kamen als Geschenk. VIERZEHN! Ariane schlug die Hände über dem Kopf zusammen. Ihr schwante schon, was da an Arbeit auf sie zukommen würde. Aber das Grundstück war groß genug für eine schöne Streuobstwiese. Und was gibt es Leckereres als frisches, selbstgekochtes Apfelmus?

Das Einpflanzen oblag eigentlich Stefan, dem Hausherrn und Familienvater. Kurt ließ es sich aber natürlich nicht nehmen, dabei zu helfen, wissen Se, er ist der Gärtner unter uns und kennt sich aus. Stefan ist kein Dummer nicht und weiß auch, dass die Wurzeln nach unten kommen, aber trotzdem muss man ja auch gucken, wie tief die Bäumchen eingebuddelt werden, dass man einen Gießrand lässt und die Stämmchen gerade setzt und gut festtrampelt. Wir haben das gleich miteinander verbunden: Erst die Friedhöfe mit Tannenschnitt winterfest gemacht und später die Streuobstwiese bei den Kindern gepflanzt. Wenn der Hänger einmal am Koyota ist, muss man doch gucken, dass man praktisch denkt und das ausnutzt.

Ilse und Kurt pusselten noch am Wagen rum und luden den Spaten und die Gießkanne in den Koyota, während ich ganz für mich allein ein paar Schritte auf der Wiese hinterm Haus ging.

Wie würde das nun alles werden?

«Ein Haus bauen, einen Sohn zeugen und einen Baum pflanzen» soll ein Mann in seinem Leben, so heißt das Sprichwort ganz genau. Man darf das ja alles nicht mehr so eng sehen heutzutage. Wir haben Gleichberechtigung, da ist ein Mädchen genauso gut wie ein Junge! Die kleine Agneta war ein kräftiges Kind, das wuchs und gedieh, das zählte gut für zwei Jungen. Das Haus hatte der Stefan nicht ganz allein gebaut, wir hatten alle tüchtig mitgeholfen. Aber nun stand es, und er war der Hausherr, jedenfalls in dem Rahmen, in dem seine drei Frauen das zulassen. Und das mit dem Bäumepflanzen war dank Kurts Hilfe die leichteste Übung.

Die beiden hatten die Setzlinge so gepflanzt, dass die Bäume sich nicht das Licht und die Luft zum Gedeihen nahmen, und doch einen schönen Apfelhain ergaben. «Wie eine Familie», dachte ich bei mir. «Genau wie meine Familie.»

Man muss sich die Luft zum Atmen lassen, darf sich nicht erdrücken und zu dichte auf den Pelz rücken und doch nahe genug zusammenstehen, wenn es darauf ankommt.

Wie oft würde ich die Apfelbäumchen wohl noch blühen sehen? Würde ich es noch erleben, dass sie Früchte tragen? Mit Ariane Apfelmus einkochen, während Lisbeth und Agneta auf der Wiese toben? Es wäre zu schön. Ich bin 82 Jahre alt, da muss man jedes weitere Jahr als Geschenk sehen. Keiner weiß, wie viel «Nachschlag» es noch gibt.

Eins kann ich Ihnen versprechen, ich bin keine, die auch nur eine Minute dieses Geschenks verschwenden wird! Ich habe die Absicht, den Rest meines Lebens wie eine große Portion rote Grütze mit Vanillesoße zu verschlingen. Deshalb werde ich auch noch nicht zu den Kindern in die Einliegerwohnung ziehen. Wasserbett hin und Treppenlift her, noch komme ich gut allein zurecht und will den jungen Leuten nicht auf die Pelle rücken.

Und in Spandau werde ich noch gebraucht. Der kleine Berber, der Jemie-Dieter, ist versetzungsgefährdet, denken Se sich das nur! Der blaue Brief kam letzten Donnerstag, ich habe ihn zwischen all den Rechnungen und der Werbung zufällig gefunden. Natürlich habe ich ihn mit der Grillzange wieder unauffällig in den Berberschen Briefkasten rutschen lassen. Das ganze Jahr über konnte ich mich nicht um den Bengel kümmern und die Hausaufgaben kontrollieren, und das ist nun das Resultat.

Mit der Bildung ist es im Hause Berber nicht weit her, wissen Se. Die Dame schreibt der Frau Meiser immer auf Postkarten aus dem Urlaub, wie da Essen schmeckt. Ich habe sie nun schon ein paar Jahre mit im Haus wohnen, und bisher hat das Essen noch immer geschmeckt! Die ist nicht küme oder wählerisch. Aber diesen Sommer hat sie der Meiser auch noch «Grüße aus Italien» für die «liebe Doris» geschickt. «Anbei siehst du den berühmten Eiffelturm von Pisa.» Da muss man doch um den Jungen fürchten! Wissen Se, ich bin nur eine einfache Frau, die auf der Volksschule war, aber dass der Eiffelturm in Paris steht, das weiß ich sogar. Man kann nur den Kopf schütteln.

Ich stieg zu Ilse und Kurt in den Koyota. Während Kurt nach dem richtigen Gang suchte, drehte ich mich noch mal um und erinnerte mich an einen Spruch von so einem ollen Griechen-Weisheiten-Onkel. Sinngemäß hat der gesagt: «Man muss Bäume pflanzen, auch wenn man weiß, dass man nie in deren Schatten sitzen wird. Aber pflanzen muss man sie. Denn: Wenn wir es nicht tun – wer dann? Und wenn nicht jetzt – wann dann?»

Oder ist das von der ollen Andrea Berg?

DA WAR NOCH WAS!

Ich habe Ihnen ja auf Seite 63 versprochen, dass ich noch mal auf die Geschichte zurückkomme, wie Gertrud die Gummistrapse von der Berber … hihihi … ich kann kaum das Lachen zurückhalten, wenn ich daran denke! Wissen Se, ein bisschen was habe ich auch zu sagen, und da ich immer brav mein Papier in den Altcointainer werfe – selbstverständlich sortiert und sauber! –, glaube ich, wir dürfen auch noch zwei Blatt ins Buch machen mit dem Vorfall. Ich erzähle auch schnell, passen Se auf:

Was habe ich mit der Berber nicht schon alles durch, nee, dieses lose Rabenaas! Die trägt Schnürsenkel als Schlüpfer und krakeelt durchs Haus, als wäre se eine Stadionsprecherin, die ein Tor ansagt. Ich habe Ihnen ja schon öfter von ihr erzählt, Sie wissen ja, dass sie ein bisschen kräftiger ist. Das ist auch in Ordnung, deswegen sage ich doch gar nichts. Dicke sind oft die gemütlichsten Menschen. Es ist nur so unansehnlich, wenn sie sich in viel zu kleine Leibchen quetscht und dann rumläuft wie mit dem Tannenbaumtrichter ins Kleid geschossen. Na ja. Jedenfalls kauft sie gern und viel. Meistens lässt sie sich die Fummel oder Schuhe in kleinen Päckchen schicken. Da sie aber tagsüber im Büro ist, landen die meist bei mir.

Ein halbes Jahr lang war zwischenzeitlich mal Ruhe, sie hatte dem Zusteller nämlich verboten, die Sendungen bei mir zu deponieren. Gottchen, was hatte sie sich aufgeregt, weil ich es aufgemacht und gleich wieder zurückgeschickt hatte! Statt dass sie froh war, dass ich ihr die Mühe und den Gang aufs Postamt spare, machte sie ein Theater, dass mir wirklich der Spaß an der Hilfsbereitschaft verging. Das Oberleibchen, was die sich bestellt hat, war wirklich viel zu klein, da können Se mir glauben. Da habe ich doch einen Blick für! Aber Undank ist der Welten Lohn, man kennt das ja.

Jedenfalls gab es ein Donnerwetter und ein halbes Jahr ohne Karton. In der Zeit hat sie ihre Päckchen ins Büro liefern lassen. Das wurde denen aber wohl auch bald zu viel, und der Chef hat es verboten, weil ihr Sekretariat aussah wie eine Filiale von Deichmann. Nun kommen die Fahrer wieder zu mir. Gertrud war gerade zu Besuch, da schellte der Bote. Der mit dem blauen Auto, nicht der von der Post. Der hat es immer am eiligsten und grüßt nicht mal richtig.

Die Türglocke läutete Sturm.

Ich machte mich hoch vom Sofa, wissen Se, mit der Metallhüfte muss ich zwei-, dreimal Schwung holen und mich ein bisschen abstoßen, dann geht es. Aber es dauert eben seine Zeit.

Der klingelte schon ganz vorwurfsvoll und drängelig. So ein Lackaffe! Der weiß doch ganz genau, dass ich erst mal aus dem Sessel hochmuss und nicht so fix bin! Diese hektischen jungen Leute.

Ich öffnete die Tür mit vorgelegter Kette – man weiß ja nie! –, da schob der schon einen dicken, gepolsterten Umschlag durch den Schlitz.

«Päckchen für Nachbar!», blökte der Fatzke eilig und wollte schon auf dem Hacken umdrehen.

«Ich heiße nicht Nachbar, ich heiße Bergmann», entgegnete ich.

Frechheit! Ich schob seinen Arm und den Umschlag zurück, drückte die Tür zu und nahm die Kette ab.

«Nun sagen wir erst mal freundlich ‹Guten Morgen› und für wen das Tütchen da ist, junger Mann», belehrte ich ihn, nachdem ich richtig geöffnet hatte. Man muss sich für gute Manieren einsetzen, wo es nur geht. Eines Tages werden es einem die Menschen danken!

«Ist für Berber. Frau Manja Berber. Würden Sie annehmen?»

Ganz kleinlaut war der.

«Ja, gut, wenn Sie mich so freundlich bitten, nehme ich das an.»

Ich unterschrieb mit einem Stöckchen auf einem Glasscheibchengerät und nahm die Sendung an mich. Es war nicht schwer, kaum wie ein halbes Pfund Butter. Oben hatte die Tüte schon ein kleines Loch. JA, GUCKEN SE NICHT SO! Wirklich! Gertrud ist Zeugin. Sie mahnte zwar, es ginge mich nichts an, aber wissen Se, in den heutigen Zeiten sehe ich das anders. Überall wird vor Schäfern gewarnt, vor Bomben, die mit der Post kommen. Am Ende war da noch Rauschgift drin? Drogen in Spandau, und Renate Bergmann war der Kurier? Nee! Da muss man doch ein Auge drauf haben! Mit dem großen Fischmesser machte ich einen entschlossenen Schnitt. RATSCH! Das Messer ist ganz dünn und scharf wie ein Rasierer, das hinterlässt fast keine Spuren. Was mir entgegenpurzelte war ein … man konnte erst gar nicht erkennen, was das sein sollte. Ein Stückchen Stoff in Lila, mit eingewebtem Gummi. Ich konnte es ziehen, und es gab in alle Richtungen nach.

Auf dem anhängenden Etikett stand «Dieser figurformende Body sorgt dafür, dass Sie perfekt aussehen und Sie selbstbewusst Ihre Schokoladenseiten zeigen können». Selbstbewusstsein hatte se ja, die Berberin. Daran mangelte es nicht. Und Schokoladenseiten …, na, auf jeden Fall genug Hinterteil, dass von Schokolade herrührte. «Das Modell formt und modelliert Damenbäuchlein, Magen und Hüft-Problemzonen. Alles wird umverteilt und in eine einheitliche Linie gebracht. Verlieren Sie optisch bis zu zwei Kleidergrößen.»

Mmmmh. Umverteilt? Ich setzte die Brille ab und guckte Gertrud an. Die kicherte und schob ihr Hüftgold mit den Händen nach oben. Wir mussten herzhaft lachen. Wissen Se, wenn wir alten Mädchen unter uns sind, machen wir schon mal einen Spaß.

«Was hab ich denn davon, wenn mir der Speck hier liegt?», fragte sie, während sie sich schon kaum noch halten konnte. «Renate, jetzt, wo das Ding schon mal ausgepackt ist, ziehe ich es auch an. Los, hilf mir mal!», sprach sie. Ich tupfte mir die Augen trocken, setzte die Brille wieder auf und las weiter. «Keinen Weichspüler benutzen. Bitte von unten anziehen, weiches Bindegewebe mit hochnehmen und am Körper verteilen.»

Das wird nicht weniger lustig, wenn Se es noch drei-

oder viermal lesen. Ich hätte es zu gern selbst anprobiert, aber Sie wissen ja, ich habe, seit ich ein Backfisch war, immer die Größe 38. Mit vierzehn bekam ich ein bisschen Busen, aber das ist alles, was sich im Laufe der Jahrzehnte tat. Sicher, der hat auch längst den Beweis angetreten, dass Kanter Kienzle in der Physikstunde recht hatte und es die Schwerkraft gibt, aber darum ging es ja nicht. Das Zauberdings sollte weiches Gewindegewebe umverteilen. Gertrud stieg also, wie es auf dem eingenähten Schnippel angewiesen war, von unten in das Gummimieder. Wir zerrten es ihr mit vereinten Kräften über den Po. Danach mussten wir erst mal eine kleine Pause machen und verpusten. Nicht nur vor der Anstrengung, nein, auch, weil wir so losprusteten. Es drückte den Hintern wirklich rund, da kann man nix sagen. Aber irgendwo muss das ja hin, und deshalb quoll das … ach, *Fett* will ich nicht schreiben, das ist so unfein, obwohl wir ja unter uns sind und Gertrud da auch zu steht … sagen wir Bindegewebe. So nennen die es ja auch in ihrem beigelegten Prospekt. Irgendwo muss das weiche Bindegewebe ja hin, und so lag Gertruds halber Po auf dem Rücken und vor dem Bauch. Wir rissen uns zusammen, und Gertrud arbeitete sich weiter rein in dieses Boddieformteil. Sie stellte sich hin, und ich half ihr, die Ärmelriemen so auf die Schultern schnalzen zu lassen, dass dabei der Busen eingefangen blieb. Wir staunten nicht schlecht. Es war wirklich alles frisch verteilt am Körper, der Bauch war plattgepresst, und die Büste drückte oben aus dem Ausschnitt gegen

Gertruds Doppelkinn. «Wir fühlst du dich, Trudchen? Geht's dir gut? Kriegst du Luft?», fragte ich sicherheitshalber. Gertrud konnte die Arme bewegen und flach atmen, das ging ganz prima. Sie nickte strahlend. «Ich fühle mich wie ein Rollbraten.»

Nee, was haben wir uns amüsiert! So ein Quatsch. Ich half Gertrud raus aus dem … Ding, was gar nicht so leicht war. Sie stand mit dem Fuß auf dem rechten Beinausgang, während links noch die Schulter drin hing. Da schnellte der Elastikstraps wie ein Geschoss los und brannte ihr eine Schmauchspur auf den Hintern. Da war es aus mit dem Spaß. Sie hat laut geschimpft. Wir haben das Gummihöschen schnell wieder in den Umschlag getan. Dank meines Fischmessers war der Schnitt am Umschlag kaum zu sehen. Ich übergab Frau Berber das Tütchen am Abend. Man glaubt es nicht, am nächsten Tag sah ich sie damit durch das Treppenhaus stampfen. Am Dekolleté blitzte das Lila raus, ich habe es genau erkannt. So eine Farbe vergisst man nicht. Das war schon knapp an Dirnenbunt vorbei! Am Hals quollen ihr ein paar zusätzliche dralle Würste raus. Ja, wo soll das Zeug auch hin? Die hatte das Zauberboddiedings tatsächlich behalten. Sie stiefelte mit angehaltener Luft durch das Treppenhaus und drehte den Po im Kreis. Dabei trampelte sie mir fast den Putzeimer von den Stufen. Aber dann hätte ich die wischen lassen, das können Se mir glauben! Sie sagte jedoch nur: «Huch, 'tschuldigung», und hat die Frau Meiser laut und eindringlich aufgefordert, ihr zu sagen, wie schmal ihre Hüften sind. Die hat das sogar gemacht! Nee, diese jungen Dinger.

Immer, wenn Gertrud und ich die Berber in das Ding eingeschnürt umherstolzieren sehen, sagt Gertrud «Rollbraten ist im Angebot, Renate». Dann zwinkern wir uns zu und gehen untergehakt unserer Wege.

Weitere Titel von Renate Bergmann

Besser als Bus fahren

Das bisschen Hüfte, meine Güte

Das Dach muss vor dem Winter drauf

Das kann man doch noch essen

Ich bin nicht süß, ich hab bloß Zucker

Ich habe gar keine Enkel

Ich seh den Baum noch fallen

Kennense noch Blümchenkaffee?

Über Topflappen freut sich ja jeder

Wer erbt, muss auch gießen

Wir brauchen viel mehr Schafe

Renate Bergmann
Ich habe gar keine Enkel
Die Online-Omi räumt auf

«Neulich klingelte jemand bei Gertrud an. Wir dachten erst, es wäre so ein junges Ding, das den Enkeltrick probiert, aber die Vanessa war nur erkältet und wollte plaudern. Die Woche drauf schellte dann mein Apparat und so ein Lauser ... Nee! Ich sage Ihnen. Bei der alten Frau Bömelburg war es genauso. Nur die hat den Quatsch geglaubt und an der Tür ihr Sparbuch rausgegeben. Da fehlen einem die Worte. Aber nicht die Waffen. Hihi.»

Spandauer Rentner werden reihenweise ausgenommen, Enkeltrickbetrüger gehen um. Aber nicht mit Renate Bergmann, denn: «Ich habe gar keine Enkel.» Zusammen mit Ilse und Kurt nimmt sie die Nachbarschaft in Schutz, sichert Spuren und versucht, Gertrud vom stattlichsten Polizisten Spandaus fernzuhalten.

Weitere Informationen finden
Sie unter **rowohlt.de**

208 Seiten

Das für dieses Buch verwendete Papier ist FSC®-zertifiziert.